講談社文庫

夢の痕《あと》

古道具屋 皆塵堂

輪渡颯介

講談社

目次

古道具屋　皆塵堂《かいじんどう》

夢の痕《あと》

登場人物

峰吉（みねきち）
皆塵堂を切り回す小僧。器用で客あしらいも上手、幽霊を恐れない。

参太（さんた）
皆塵堂の向かいにある油屋の小僧。峰吉に幽霊を見せたいと思う。

伊平次（いへいじ）

深川の古道具屋皆塵堂の主《あるじ》。曰《いわ》く品《ひん》ばかり集めてくる。

清左衛門（せいざえもん）

皆塵堂の家主で、材木問屋鳴《なる》海《み》屋《や》のご隠居。

イラスト：山本（Shige）重也

巳之助（みのすけ）

棒手振《ぼてふ》りの魚屋。幽霊に教わり、最近は蕎麦《そば》打ちの腕を上げる。

茂蔵（しげぞう）

元遊び人たちと空き家に肝試しに。小間物屋《こまものや》の大黒屋《だいこくや》で働く。

円九郎（えんくろう）

紙問屋安積屋《あづみや》の勘当《かんどう》息子。幼なじみのことも忘れている。

夢の痕《あと》 古道具屋 皆塵堂《かいじんどう》

夢の、そのあと

第一章　夢枕の祖母

参太《さんた》は浮かぬ顔で水を打っている。

深川亀久町《ふかがわかめひさちょう》の裏通りである。米や味噌《みそ》、古着などを商っている小さな店がいくつも軒を連ねているが、参太はそのうちの一軒の、油屋で働いている小僧だ。

「……ああ、今日も妙なのがいるなぁ」

通りに水を撒《ま》きながら、参太はちらちらと向かいに立つ店へ目をやった。

皆塵堂《かいじんどう》という名の古道具屋である。参太の顔が曇っているのは、この店のせいだ。

売り物の古道具が散らかっていて、とにかく汚い店だった。

それに危ない店でもある。下手に足を踏み入れたら怪我をするかもしれない。

まず店の出入り口に籠《かご》や桶《おけ》、たらいなどがうずたかく積まれている。これが今にも崩れそうではらはらする。しかし、この程度のことを気にしてはいけない。訪れる客への挨拶《あいさつ》みたいなものだ。

怖いのはその先である。店土間にも鍋や釜などが高く積み上げられているが、それに気を取られては駄目だ。皿や壺《つぼ》といった割れ物や、かんざしとか毛抜きのような誤って踏みつけたら足に刺さりそうな物が、土間にそのまま転がっているからである。

だからと言って下ばかりを見ているわけにはいかない。壁際には箪笥《たんす》がいくつか並んでいるが、なぜかその上に包丁や小刀といった物が刃を剝《む》き出しにして置かれているのだ。それが頭の上に落ちてきたら大事である。

自分が働いている油屋のすぐ前にこんな店があるのは迷惑だと参太は思っている。だが、それは古道具が散らかっている汚い店だからではない。もちろんそれも嫌だが、皆塵堂の本当の恐ろしさは別のところにあるのだ。

「……あそこにいるの、生きている人じゃないよな」

皆塵堂の壁際にある箪笥の前に女の人が立っている。年は多分、二十二、三といったあたりだと思うが自信はない。なぜならその女は体が透けていて、はっきりと見えないからだ。色というものもない。ぼんやりと佇《たたず》む灰色の女だ。

「ううん……」

あまりじろじろと見ない方がいいかもしれない。自分が気づいていることを女が知ったらどうなるか。こちらにやってきたら怖い。

参太は女から目をそらした。皆塵堂の店土間の奥には板の間があるが、そこに小僧が座っているのが見えた。平然とした顔で壊れた古道具の修繕《しゅうぜん》をしている。

皆塵堂で働いている峰吉《みねきち》という小僧で、年は参太より二つ上の十五だ。小柄なので体つきは参太とさほど変わらないが、中身はしっかりしている。皆塵堂の店主は魚釣りが好きで、仕事をしないですぐにどこかの川へ出かけてしまうから、実際には峰吉が皆塵堂の仕事をほぼ一人で担っているのである。

働いているといっても、手伝い程度の仕事しかしていない自分とは大違いだ。

「店の掃除だけはしないけど……」

それでもたいしたものだ、と思っていると、その峰吉が立ち上がった。古道具の修繕が終わったのか、それともまだ途中で、ひと息入れるためなのかは分からないが、大きく伸びをすると板の間から店土間へと下りた。

峰吉は戸口の方に向かってきた。たくさんの古道具が転がっているのに下は見ていない。それでいてまったく踏みつけたりしないで進んでくる。このあたりも感心させられる。

「やあ参ちゃん」

通りに出てきた峰吉はつまらなそうな顔で言い、きょろきょろと左右を見た。

「誰もいないな。お客が来ないから暇だ」

「まだ昼の八つ過ぎだからね。夕方になれば買い物をする人が出歩くようになるよ」

「それでもうちの古道具屋には来ないだろうけどね」

「うん、そうだね」

思わずうなずいてしまってから、峰吉が気を悪くしないように参太は話を変えた。

「ああ、いや、それより峰ちゃん、あの簞笥はどこから仕入れたんだい」

参太は皆塵堂の中にある簞笥を指差した。いつの間にかあの灰色の女は消えている。

「あれは確か、とある女の人が嫁入り道具として嫁ぎ先に持ってきた簞笥だよ。ところがすぐに病に倒れて、嫁いでわずか一年くらいで死んでしまったらしいよ。で、少し経《た》ってから旦那さんは新しいおかみさんをもらったんだけど、その後添いの人が、あんな簞笥はいらないって売り払ったんだ」

「ふうん。いかにも幽霊が憑《つ》いていそうな簞笥だよね」

「まあ、うちにそんな古道具が入ってくるのは珍しいことじゃないよ」

峰吉はそう言って笑った。

皆塵堂という店は人死にが出たような家からでも平気で古道具を引き取ってくるので、たまに妙なものが取り憑いている物が紛れ込むのだ。これこそが参太が思う「皆塵堂の本当の恐ろしさ」なのである。

「……念のために尋ねておくけど、皆塵堂に女の人が住んでいるってことはないよね」

「参ちゃんも知っている通り、うちには男が二人しかいないよ」

「そうだよね……」

伊平次《いへいじ》という名の釣り好きな店主と、奉公人の峰吉。今、皆塵堂にいるのはそれだけだ。たまに若い男が住み込みで働きにやってくるが、長く勤めることはない。

「ああ、もう一匹いた。だけどあいつも雄だ」

皆塵堂には鮪助《しびすけ》という名の猫がいる。このあたりの親分猫だ。

「それなら、知り合いの女の人が訪ねてこなかったかな。裏の長屋の人とか」

表戸から出ていった気配はないから、古道具を買いに来た客ではない。もしあれが生きている人なら、自分が気づかぬうちに裏口の方へ姿を消したとしか考えられない。

「今日は朝からずっと俺一人だよ。誰も来ていない」

「そうか……」

「もしうちの店の中に女がいたら、まず間違いなく幽霊だろうね。そもそもさ、生きている女がうちみたいなところで暮らしていたら、そっちの方が怖いんじゃないかな」

「確かにそうかも……ああ、いや、そんなことないよ」

どう考えても幽霊の方が怖い。

「峰ちゃんは皆塵堂のような店でよく働いていられると思うよ。感心する」

「だって、俺は幽霊を見たことがないから」

「そうなんだよね……」

皆塵堂に働きに来た若い男が短い間でやめてしまうのは幽霊が出るせいだ。参太のように近所に住む者も、その手のものを目にしてしまうことがある。

ところが峰吉と伊平次、それに皆塵堂の家主で、よく訪ねてくる清左衛門《せいざえもん》という老人の三人はどういうわけか幽霊を見ないのだ。まったく理不尽な話である。

「実は今、あの簞笥の前に立っている女の人を見ちゃったんだよね。もう消えたけど」

「うん、そうじゃないかと思ったよ。参ちゃん、目付きが妙だったから」

「それに五日くらい前かな。夜中に小便がしたくなって起きたら外がうっすらと明るかったんだ。それで不思議に思って窓から見たら、皆塵堂の庭に人魂《ひとだま》が浮かんでいたんだよね」

「ふうん。思うんだけどさ、人魂を捕まえて明かりに使えないものかな。行灯《あんどん》の中に入れるとかして。ああ、それだと参ちゃんのところが困っちゃうか」

参太が世話になっている店は行灯などの明かりに使う油を売っているのだ。

「でもそうなったら油屋から人魂屋に商売を替えればいいのかも」

そんな店で働くのは嫌だ。

「……それと、これはもっと前の話だけど、皆塵堂に置いてある壺から腕が伸びているのも見たことがあるんだけど」

「へえ。もしかして参ちゃん、その手のものを見る力があるのかもね」

そんな力はいらない。

「……合点がいかないんだけど」

参太は峰吉を睨《にら》んだ。

「皆塵堂で寝起きしている峰ちゃんが平気な顔をしていて、どうして違う家に住んでいるおいらが怖い思いをしなけりゃいけないんだ。おかしいじゃないか」

「そう言われてもなぁ……」

「そもそもさ、峰ちゃんは見ないとは言っても、そういう物が周りに溢《あふ》れていることは分かっているわけだろう。怖くないのかい」

「うん」

峰吉は間髪を容れずに頷《うなず》いた。表情はまったく変わっていない。強がっているわけではなく、本心からそう思っているようだ。

「あえて言うなら迷惑かな。俺としてはそういう、何か妙なものが憑いている古道具であっても、どんどん売ってしまいたいんだよね。だけど鳴海屋《なるみや》のご隠居様が止めるんだよ」

皆塵堂の家主の清左衛門のことだ。鳴海屋という大きな材木問屋の主人だったが、商売は息子に継がせ、今は隠居の身なのでそう呼ばれている。

「あの簞笥にも幽霊が取り憑いているのか。ご隠居様に知られる前に片付けるべきかな」

峰吉は皆塵堂の店土間にある簞笥へ目を向けてしぶい顔をした。

そんな峰吉の様子を眺めながら、参太も同じように顔をしかめた。やはりおかしい。釈然としない。

「……峰ちゃんにお願いがあるんだけど」

「なんだい」

「おいら、そんな峰ちゃんにぜひ幽霊を見てもらいたいと思っているんだよ。それで、その手の話がないか友達に聞いて回ったんだ」

「それは大変だったたね。じゃあ、俺は忙しいから、これで」

「ああ、ちょっと待ってよ」

皆塵堂に戻ろうとする峰吉を参太は慌てて止めた。

「……あのさ、おいらは峰ちゃんのことをすごい人だと思っているよ。堂々としているよね。おいらと違って赤の他人の店に奉公しているのに」

聞いた話では、峰吉の両親はすでに亡くなっているという。どういうきさつがあって皆塵堂で働くようになったのかは知らないが、頼る者がいない立場なのだ。

一方、参太はというと、両親は健在で別の町で商売をしている。それに今、世話になっている油屋は叔父がやっている店だ。気楽である。

参太には兄がいて、実家の店を継ぐことになっている。しかし叔父夫婦には子供がいない。だからゆくゆくは参太に店を継がせようと考えているようだ。

決してもうかっているわけではないが、近所のお得意様を相手に手堅い商売をしている油屋だ。潰《つぶ》れかけた古道具屋にいる峰吉と比べるとかなり恵まれているのは間違いない。

「おいらは手習《てならい》に通わせてもらっているから、働くのは帰ってきてからだし、それもせいぜい掃除や水打ちをするだけだし……」

読み書きや、場合によってはそろばんを教えている場所を寺子屋というが、江戸では手習所《てならいどころ》とか手跡指南所《しゅせきしなんどころ》などと呼ばれている。

参太は昼の八つ頃までは手習所にいて、店の手伝いはその後にしているのだ。

「いやあ、そっちの方がすごいと思うよ。俺には無理だ」

「それでも峰ちゃんはおいらより読み書きができるから」

伊平次や清左衛門、皆塵堂に働きに来た人などに教えてもらったらしい。

「それに銭勘定もお手の物だ」

参太はそう言ってほめたが、峰吉は表情を変えなかった。それは当然だという顔だ。

「商売をする上で一番大事なことだからね。そこはしっかりやらないと」

「とにかく、峰ちゃんはすごい、とおいらは思っているわけだよ。だからこそ幽霊を見てもらいたいんだ」

峰吉は首をかしげた。

「……ごめん、俺にはその理屈がまったく分からないや」

「峰ちゃんはすごいのに幽霊を見たことがない。それはかわいそうだと思うんだよ。このおいらでさえ見ているのにさ」

「無理にごまかそうとせずに、本音を言ってごらんよ」

「おいらが怖い思いをしているのに、当の皆塵堂にいる峰ちゃんが平気な顔をしているのは腹が立つ」

「なるほど。それなら分かる」

峰吉は満足そうにうなずいた。

「だけど、見えないものはしょうがないからなあ」

「試してみないと分からないよ」

その手のものが集まりやすい皆塵堂に暮らしている峰吉がまったく幽霊を見ず、なぜか向かいの店に住んでいる参太が出くわしてしまう、というのは理不尽な話だ。だが、それで峰吉が「見えない人」だと決めつけるのはまだ早い。もしかしたら他の場所に出る幽霊なら見えるかもしれない。

参太はそう考えて、同じ手習所に通っている友達に、その手の話に心当たりがないか聞いて回ったのだ。

「竹之助《たけのすけ》って名の友達がいてね。みんなから竹ちゃんって呼ばれてるんだけど、この竹ちゃんの家に出るんだって」

「ふうん」

峰吉は興味なさそうに返事をした。目は通りに向いている。誰か来たら声をかけて、皆塵堂に呼び込もうと考えているようだ。

しかし、参太の話にまったく耳を貸すつもりはない、という様子でもなさそうだ。古道具の修繕は終えてしまい、客も来ないので、きっと暇なのだろう。

それなら、と参太は竹之助から聞いた話を峰吉に語り始めた。

「その竹ちゃんっていう子はおいらと同い年で、親は檜物師《ひものし》なんだ」

檜物師とは、檜《ひのき》や杉の薄板を曲げて、柄杓《ひしゃく》や飯櫃《めしびつ》などの器を作る仕事をしている者だ。

「家はうちと同じくらいの広さかな」

江戸の町人の多くは長屋に住んでいるが、これには通りに面している表店《おもてだな》と、その裏側に建てられている裏店《うらだな》がある。

竹之助が住んでいるのは表店の二階建ての家で、一階が檜物を作る仕事場と、そこでできた品物を売る店になっている。だから寝起きしているのは二階だ。

「ひと月くらい前に竹ちゃんのおばあさんが病で亡くなったんだ。だけどそれから毎晩、現れるんだって」

夜、竹之助が寝ていると何者かに蹴っ飛ばされるらしい。誰だろうと思って見ると、亡くなったおばあさんが部屋の中を歩き回っているのだという。

「おばあさんは捜し物をしているみたいなんだ。でも見つからなくて、ため息をついて部屋を出ていく。そこで竹ちゃんは目が覚めるそうなんだよ」

「何だ、夢の話か」

「ここまではね。だけど、この話にはまだ続きがあるんだよ」

相変わらずつまらなそうな顔の峰吉を見ながら、参太はにやりと笑った。

「目を覚ました竹ちゃんは、ああ夢だったのか、と思いながら体を起こす。それから部屋の中を見回すと……」

「ああ、ちょっと待った」

峰吉は手を前に出して参太の言葉を止めた。横目で通りの向こうを見ている。

何だろうと思い、参太もそちらを見た。五十過ぎくらいの年の男が、ぶらぶらとこちらへやってくるところだった。

その男は参太たちがいるあたりまで歩いてくると、そこで足を止めた。皆塵堂に目を向けている。

峰吉の顔付きが変わった。参太と話している時には大人びた表情だったが、それが子犬のような愛嬌のある顔になったのだ。

「いらっしゃいまし。何かお探しでしょうか」

峰吉はすっと男のそばに近づいた。さっきまでと比べると声が少し高くなっている。峰吉は参太より二つ年上だが、同じくらいか、年下にすら感じる。

「うちの店は何でもございます。ただ、あまりにも物が多すぎて見つけづらいだけでして。おっしゃってくだされば、おいらがお探ししますよ」

先ほどまでとは峰吉の口調が変わっている。

参太のような年下の者と話している時は、峰吉は自分のことを「俺」と言うが、伊平次や清左衛門、あるいは近所の大人などが相手の時は「おいら」になるのだ。

客に対する場合も今のように、やはり「おいら」が多いが、これは子供っぽくした方が何か買ってくれそうだと考えた時である。反対に、この客は大人っぽい口調にした方がいいと判断したら、「私」とか「手前」などという言葉を使う。

峰吉は客の様子を一目見て、そのように応対の仕方を変えるのである。そういうところもすごいと参太は思う。

しかし、だからといって必ずしも客が何かを買ってくれるとは限らない。

「すまないね。ちょっと覗《のぞ》いただけだよ」

男はそそくさと去っていった。

「ちっ」

峰吉はその背中に向かって舌打ちをしてから参太のそばに戻ってきた。苦虫を噛《か》み潰したような、愛嬌のかけらもない顔付きだ。

決して真似《まね》する気はないが、こういう峰吉の変わり身の早さにも感心する。

「ごめん、参ちゃん。話を途中でさえぎって悪かった。それで……ええと、何の話をしていたんだっけ」

「竹ちゃんの夢の中で、亡くなったおばあさんが何かを捜して部屋を歩き回るって話だよ。だけど見つからないみたいで、最後はため息をついて部屋を出ていくんだ」

「ああ、そうだった。その後で目を覚ました竹ちゃんが部屋の中を見回すと……どうなったんだい」

「箪笥や鏡台の引き出しが開いているんだ。もちろんそれらは、寝る前にはきちんと閉められていたと竹ちゃんは言ってたよ」

部屋には他に、物をしまうための箱がいくつかあるそうだが、そのふたも開いているらしい。

「どこも夢の中でおばあさんがうろうろしていた場所なんだってさ」

つまり、本当に竹之助のおばあさんが何かを捜していた跡が残っているのだ。

「夢の中のおばあさんは最後に部屋を出ていくけど、その先にも木の箱とか行李《こうり》なんかが置かれているそうなんだ。目が覚めた後で確かめると、やっぱりそのふたも開いているらしいよ」

行李というのは着物や身の回りの物をしまうのに使う、竹や柳、藤などで編まれたふた付きの籠だ。軽いので旅の時の荷物入れにも用いられる。

「だからさ、おいらと一緒に竹ちゃんの家に行ってみないかい。もしかしたら峰ちゃんにも幽霊が見えるかもしれない」

参太は勢い込んで言ったが、峰吉は「それはどうかな」とつぶやいて首をかしげた。あまり興味がなさそうな顔である。

「その竹ちゃんの家に俺が行ったところで、おばあさんの幽霊を見ることはないと思うよ。出てくるのは夜、みんなが寝ている時なんだから。まさか昼寝をさせてもらうわけにもいかないだろうし」

「そこはほら、物は試しっていうから、行くだけ行ってみようよ」

「ううむ」

峰吉は一声うなると腕を組んだ。迷っているようだ。少なくとも、まったく行く気がないというわけではなさそうである。

「……おばあさんの幽霊が何を捜しているのかが少し気になるかな」

「ああ、それはおいらもだ」

そこまでの詳しい話は参太も竹之助から聞いていなかった。

「それと簞笥や箱、行李など、やたらと入れ物の多い家だな。何が入っているんだろう。うちで買い取れるような物なら……」

どうやら峰吉は古道具屋の仕事と結びつけて考えているようだ。商売熱心なことである。

「今から行ってみてもいいかな。ちょうど俺の代わりに店番をしてくれそうな人が来たことだし」

峰吉が通りに目を向けながら言った。参太もそちらを見ると、一人の老人が歩いてくるところだった。

「ちょ、ちょっと峰ちゃん。あれ、鳴海屋のご隠居様じゃないか。皆塵堂の家主さんだよ。そんな人に店番を頼むなんて……」

「いつもやってもらっているから平気さ」

峰吉は何食わぬ顔で答えた。


竹之助の家は表通り沿いにある檜物屋である。訪れた参太と峰吉は、呼び出した竹之助と一緒に、まず正面から店を眺めた。

中で職人たちが熱心に仕事をしているのが見える。広い店土間と、そこを上がった板の間の両方で数人の男たちが作業していた。

「うちには今、住み込みで働いている人はいないんだ。みんな通いだよ」

竹之助はそう言うと、店の奥を指差した。

「あれがうちのお父《とっ》つぁんだよ」

板の間の壁際に座っている男のようだ。何人もの職人たちを束ねているからか、厳しそうな人だと参太の目には映った。

「ごめんね、竹ちゃん。働いている途中に呼び出して」

竹之助も参太と同じように、手習を終えてから店の仕事を手伝っているのだ。

「後で叱《しか》られたりしないかい」

参太が尋ねると、竹之助は笑った。

「もしかしたらね。それでも自分の父親だから気は楽だよ」

職人の修業は十か十一くらいの年から、よその家に住み込んで始める場合が多い。

「まあ、おいらも来年から外に出されるけどね。他人の飯を食わないと一人前になれないってお父つぁんに言われているんだよ」

「そうなんだ……」

叔父の店にいる自分はどうなんだろうと参太は首をかしげた。家から出てはいるが、まったくの他人に世話になっているというわけではない。

それに言いつけられる仕事も掃除や水打ちくらいのものだ。今日も竹之助の家に行くことをすぐに許してくれたし、他の者に比べると自分はかなり楽をしていると思う。

「家の中を案内するから、こっちに来てよ」

竹之助が歩き出した。裏口に回るようだ。

少し行くと棟続きになっている表店が切れている場所があった。そこが裏店へ入る木戸口だった。

「それにさ、ばあちゃんの幽霊のことはお父つぁんも気にしているんだよ。だからあまり叱られないと思うよ。その手のことに詳しい皆塵堂の人が来たわけだからさ」

木戸を抜けながら竹之助はそう言い、峰吉に目を向けた。

参太と同じ手習所に通っているくらいだから、竹之助の家はさほど離れていない。だから親も峰吉が働いている皆塵堂のことを知っているらしい。

「つまり竹ちゃんのおじさんも、おばあさんの幽霊が出るってことを知っているわけだね」

峰吉が尋ねると、竹之助はうなずいた。

「知っているっていうか、見ているんだよ。同じ夢をね。おいらとお父つぁんだけじゃなくて、おっ母《か》さんと妹も」

竹之助は立ち止まると、裏店の路地の先を指差した。井戸や物干し場があって少し広くなっている場所に数人の幼い女の子がいて、ままごとか何かの遊びをしていた。どの子か分からないが、その中に竹之助の妹がいるようだ。

「二階の部屋に四人で寝ているんだけどさ、死んだばあちゃんが捜し物をしている夢をみんな見ているんだ。で、目を覚ましてから四人で顔を見合わせる。その後で部屋を見回すと、夢の中でばあちゃんが触っていた簞笥の引き出しとか箱のふたが開いているんだよ」

竹之助は表店の建物の裏手に沿って再び歩き出した。すぐに檜物屋の裏口に着く。

「妹は外で遊んでいるし、おっ母さんは買い物に出かけている。だから遠慮なく入ってよ。二階には今、誰もいないから」

竹之助はそう言って戸を開けた。

狭い土間に物を煮炊きする竈《かまど》があるのが見えた。その土間の先は板の間で、隅に二階へ上がるための梯子段《はしごだん》がある。

「ふうむ。檜や杉の板がたくさん置いてあるな。のこぎりとか、鉋《かんな》などの道具も見えるけど、ここにあるのは檜物を作るための物ばかりみたいだ」

板の間を見ながら、峰吉ががっかりしたような声で言った。買い取れそうな物がないからに違いない。おばあさんの幽霊のことばかりに気を取られず、商売を忘れずにいるのはさすがである。

「二階には、うちの仕事では使っていない物がたくさんあるよ。多分、見たらびっくりすると思う」

竹之助が板の間に上がり、梯子段の方へと向かっていった。

「だけど、うちのばあちゃんが捜している物が見つからないと、古道具屋さんには売れないよ。それでお父つぁんやおっ母さんは悩んでいるんだ。本当は二階を片付けて、すっきりさせたいと考えているみたい」

「肝心なことを聞いていなかったんだけど、おばあさんの幽霊が何を捜しているのか、竹ちゃんは知ってるの？」

履物を脱いで板の間に上がりながら参太は尋ねた。

「櫛《くし》だよ」

梯子段に足をかけながら竹之助は答えた。

「ふうん、そうなのか」

どんな櫛だろうと考えながら、参太も竹之助に続いて二階へと向かった。峰吉もその後ろからついてくる。

梯子段を上がってすぐのところには箱や行李がたくさん置かれていた。壺や籠などもある。物置みたいな使われ方をしている場所のようだった。

その先にもう一つの部屋があるが、今は襖《ふすま》が閉められていて中が見えなかった。

「うちのじいちゃん……ばあちゃんよりも前に亡くなっているんだけど、いろんな仕事を転々とした人なんだ。ここにあるのは、その時に使った道具が多いみたいだよ」

「へえ、たくさん残っているんだね」

峰吉が嬉《うれ》しそうな声を出した。

「ちょっとだけ箱の中を覗かせてもらうよ」

竹之助に断ってから、峰吉は手近にある箱のふたを開けた。

のこぎりがたくさん入っていた。よく見る大きさの物から、細かい作業に使うと思われる小さな物まで、様々な種類がある。

「ううむ」

峰吉は一声うなり、その横にあった箱のふたを開けた。

「こっちは鑿《のみ》だね」

やはり大小様々な種類の物がたくさん収められている。

峰吉はさらに隣の箱を開けた。そこには数多くの鉋が入っていた。これも数が多く、大きさも様々だ。

峰吉がそのうちの一つを手に取った。参太が知っている台鉋と少し形が違っていた。細い刃が台の幅が狭い方についているのだ。

「これは敷居《しきい》や鴨居《かもい》を削る時に使う物だよ」

峰吉は鉋を元に戻し、次の箱に移った。

「壁を塗る時などに使う鏝《こて》がたくさんあるな。それから持ち手が付いた板もあるけど、これは壁に塗る土とかを盛る鏝板だろう。他には刷毛《はけ》もいっぱい入っている。ふむ、なるほど」

満足そうにうなずき、峰吉はふたを閉めた。

「その隣の箱には……墨壺《すみつぼ》と、それから毛引きだね。どちらもまっすぐな線を引くための道具だ。それから曲尺《かねじゃく》もある。だいたい道具ごとにまとめて箱にしまってある感じだね」

峰吉は、今度は隅に置いてあった壺に近づいた。木のふたが載せられていたが、それを外して中を覗く。

「糊《のり》が入っているのか」

ふたを戻すと、峰吉はまだ覗いていない箱や行李を見回した。

「残りは後でいいや。竹ちゃんのおじいさんはいろんな仕事をやったらしいけど、そのうちのいくつかは分かったよ。まず建具屋《たてぐや》さんは入っていると思う」

戸や障子、襖などを作る仕事だ。

「うん、当たっているよ」

竹之助はうなずいた。

「それから、左官屋さんもやっていたかな」

壁を塗る仕事である。これにも竹之助はうなずいた。

「それと……指物師《さしものし》だな」

釘を使わずに板を組み合わせて、箱や箪笥などを作る人だ。

「建具なんかも指物といえるけど、それとは別に箱なども作っていたと思う」

「それも当たってる。ここにある箱はすべて、じいちゃんが作った物なんだ」

「あとは……箱や行李の陰に、大きな紙を丸めて筒にした物がいくつかあるのが見える。そうなると、建具屋さんとは別に経師屋《きょうじや》さんの仕事もしていたのかな」

これは表具屋《ひょうぐや》とも言って、掛け軸やびょうぶ、襖などの表装をする仕事だ。襖の骨組みを作るのは建具屋だが、そこに紙を貼って仕上げるのは経師屋の仕事になる。

「うん、それも合ってる。だからなのか、うちの襖や障子をよく張り替えていたよ。まだ綺麗《きれい》なうちにさ」

「とりあえず分かったのはそんなものかな」

「他にもいろんな仕事をしたみたいだよ。竹細工を作ったり、屋根に瓦《かわら》を葺《ふ》いたり……」

「ちょ、ちょっと待ってよ」

竹之助が話している途中だったが、参太は口を挟んだ。

「そういう職人仕事って、子供の頃から何年も修業をして、やっと一人前になるものだと思うんだけど。そんな風にいくつもの職を渡り歩くなんて、できるものなのかな」

「どんな仕事場でも、初めは無理に頼み込んで、荷物運びなどの下働きをさせてもらったみたいだよ。でもすぐに一人前の仕事ができるくらいになったそうなんだ。他の人の動きを見るだけで覚えたらしいよ。ところが数年で別の仕事をしたくなって、やめちゃうんだってさ」

「へえ……」

竹之助のおじいさんは、ものすごく器用だけど、ものすごく飽きっぽい人だったようだ。

「じいちゃんは櫛職人もやっていたことがあるんだ。ばあちゃんが捜しているのは、若い頃にじいちゃんから贈られた櫛なんだよ」

竹之助が襖の方を見た。どうやらその先が、おばあさんの幽霊が出る部屋のようだ。

「床に置いてある物につまずかないように気をつけてよ」

そう言いながら竹之助は箱や行李の間をすり抜けて、隣の部屋との間を仕切っている襖へと近づいた。自分の家なのでさすがに慣れているせいか、足もとを気にしている様子はない。

その後ろから峰吉がついていく。かんざしや毛抜きが転がっている皆塵堂の店土間をいつも歩いているからか、こちらも平気な顔で進んでいく。

しかし参太はそうはいかない。周りの物にぶつからないよう、慎重に、ゆっくりと二人のいる方へ向かった。

「いつも寝ているのはここだよ」

竹之助が襖を開けて、隣の部屋を参太たちに見せた。

こちら側の部屋よりはすっきりしているが、やはり物が多かった。片方の壁際に箪笥と針箱、もう一方の壁際にも火鉢《ひばち》や行灯、鏡台などが置かれている。それでも布団《ふとん》を敷かなければならないので、さすがに部屋の真ん中のあたりには何もない。その布団は隅に畳まれ、ついたてで隠されている。

「目が覚めてから見ると、この箪笥の引き出しが開いているんだよね」

竹之助はその部屋に入ると、まっすぐ箪笥へと近づいた。

「上の方の段には着物とかが入っているんだけど、下の段には死んだじいちゃんが残した物が押し込まれているんだ」

竹之助は簞笥の一番下の段の引き出しを開けた。

「ふうん。ここにも箱が入っているんだ」

竹之助に続いて部屋に入った峰吉が引き出しを覗き込んだ。

「手前の部屋にあった箱よりだいぶ小さいけど、すごく綺麗に作られているね」

参太はまだ襖のところにいる。おばあさんの幽霊が出る部屋だと思うと気味が悪くて、足を踏み出す勇気が出なかったのだ。

だが、峰吉が引き出しから箱を出し、ふたを開けて「おおっ」と声を上げたので、ようやくその部屋に足を踏み入れる気になった。参太のいる場所からは箱の中身が見えなかったからである。

峰吉の後ろに立って、背中越しに箱の中を覗き込む。そこで参太の口から出たのは、「ええっ？」という声だった。その箱には櫛が何枚も収められていたからだった。

「ちょっと竹ちゃん。さっき、おばあさんの幽霊は櫛を捜しているって言ったよね。ここにあるじゃないか」

「いや、同じようにじいちゃんが作った櫛ではあるんだけど、ばあちゃんが捜しているのとは違うんだ」

「そ、そうなんだ……」

峰吉が櫛の入っている箱のふたを閉めて床に置いた。開いたままの箪笥の引き出しには他にも筆や硯《すずり》、紙入れなど細々とした物が入っていたが、櫛はもう見当たらなかった。

「竹ちゃんたちは捜さないのかい。おばあさんの代わりに見つけてやればいいと思うんだけど」

「もちろんそうしたよ。箪笥とか鏡台の引き出し、それに箱や行李の中は何度も調べた。布団の中までもね。この部屋だけじゃなく、そっちの梯子段がある方の部屋も同じだ。壺の中も当然見た。火鉢の灰の中も捜した。お父つぁんなんか天井裏まで覗いた。だけど見つからなかったんだよ」

「そうなのか……」

参太は周りを見回した。竹之助は言わなかったが、きっと箪笥の裏なども調べたに違いない。自分が思い付くような場所はすべて捜し終わっているだろう。

力になってあげたいが、自分にできることはなさそうである。参太は肩を落とした。

「……ちょっと聞いていいかな」

峰吉が口を開いた。

「今の竹ちゃんの話で、気になることがあるんだけど」

「何のこと？」

竹之助は首をかしげた。

「天井裏まで覗いたらしいけど、どうしてそんなところを捜したんだい。それよりも井戸端とか湯屋みたいなところ、つまり外でなくしたんじゃないかと考えそうなものだけど」

確かにそうだ、と参太は思った。どうしたら櫛が天井裏に入り込むというのだ。

「うん、念のために家の近くも捜したよ。だけどほぼ間違いなく、この二階のどこかにあるはずなんだ。ばあちゃんの幽霊もそう考えているんじゃないかな。外には出ないから」

「どうしてそう思うんだい」

「実はね……じいちゃんが死ぬ少し前の話なんだけど、味噌汁が薄いという、くだらないことでばあちゃんと喧嘩《けんか》になったんだ。それで怒ったというか、すねたじいちゃんが隠しちゃったんだよ。ばあちゃんが大事にしていた櫛を」

「は、はあ？」

二人の話を聞いていた参太は、思わずすっとんきょうな声を上げてしまった。おばあさんの幽霊が捜しているのは、若い頃におじいさんから贈られた櫛だと聞いたので、何となく「良い話」だと感じていた。

だが違ったようだ。つまらない夫婦喧嘩がもたらしたことだった。

それでも幽霊になってまで捜しているということは、おばあさんがその櫛を大事にしていたのは確かである。決して二人の仲が悪かったわけではないだろう。

「その前にも何度か、ばあちゃんと喧嘩した時に、二階に櫛を隠したことがあったんだよ。だからおいらたちはみんな『ああ、またか』と思っていたんだよね。だけどそのすぐ後にじいちゃんが病に倒れて、隠し場所を誰にも告げないまま死んじゃったんだ」

「ふうん」

参太の頭に「夫婦喧嘩は犬も食わぬ」という言葉が浮かんだ。竹之助たちが気に留めなかったのはよく分かる。だが、その直後におじいさんが亡くなったのは運が悪かった。

「じいちゃんが死んだら、ここや隣の部屋にある箱などは片付けてしまおうとお父っあんやおっ母さんは考えていたんだ。だけど、櫛が見つかるまでは待ってくれとばあちゃんが言ったんだよ。箱の中にたやすくは分からないように隠されている、なんてこともあるからね」

「なるほど」

指物師の仕事をしていたことのあるおじいさんが自分で作った箱だから、どこかに物を隠すような仕掛けをほどこしてあるかもしれないと考えたのだろう。

「ところが、見つからないまま一年くらい経って、今度はばあちゃんが倒れちゃってさ。ほどなくして死んじゃったんだ。それがひと月前のことなんだよ」

そしておばあさんは幽霊として櫛を捜し続けることになった。迷惑をこうむっている竹之助たちもそうだが、おばあさんも気の毒だと参太は感じた。

「何とか見つけてあげたいけど……」

「うちのお父つぁんもそう思ったみたいで、初めのうちは一生懸命捜していたんだよ。天井裏に上がったりしてね。だけど面倒臭くなったみたいで、この頃はあんまり捜している様子はないんだよね」

おじいさんと違って仕事は檜物師一筋で続けているようだが、飽きっぽい性分はしっかり受け継いでいるらしい。

「ばあちゃんの幽霊は出るし、二階は片付かないし。そのことでおっ母さんは文句ばかり言ってるよ」

「そうだろうね……」

この件で一番気の毒なのは竹之助の母親かもしれない。

「櫛を見つければ、かなり安く古道具を……」

横で峰吉がつぶやく声が聞こえた。目つきは鋭いが、口元が少し緩んでいる。

「峰ちゃん、悪そうな商人の顔になってるよ」

「おっと、いけない。真面目な古道具屋の小僧って顔にしないと。ちょっと下へ行って竹ちゃんのおじさんと話してくるよ」

峰吉が梯子段の方へ向かっていった。素早い動きだが足音はほとんど立てない。そのまま、やはり静かに梯子段を下りていった。

どうやら峰吉は、櫛を見つけるのと引き換えに二階にある箱やその中の道具などを安く買い取らせてくれ、と竹之助の父親のもとへ掛け合いに行ったようだ。

「ああ、それならおっ母さんが帰ってきてからの方がいいと思うよ」

峰吉を追いかけて、竹之助も梯子段を下りていった。

二階に参太だけが残された。自分も一緒に行くべきか迷ったが、やめておいた。職人たちが働いている仕事場に小僧っ子が何人も押しかけたら迷惑だろうと考えたからである。

それよりも、と参太は改めて目の前にある箪笥を見た。もしかしたらこれも、指物師をしていた頃のおじいさんが作った物なのではないか。そうだとしたら、どこかに二重底のような仕掛けがあって、そこに櫛が隠されているかもしれない。

しかし勝手に引き出しを開けるわけにはいかない。調べるのは竹之助たちが戻ってきてからだ。

とりあえず今は箪笥の裏側を捜してみようか。参太はそう思い、壁に顔をくっつけて覗き込んだ。

その時、背後で何者かの気配がした。そちらは梯子段のある部屋の方である。きっと竹之助たちが戻ってきたに違いない。

「ちょっと思い付いたんだけどさ……」

参太は振り返った。

確かに襖のそばに人がいた。しかしそれは竹之助や峰吉ではなかった。竹之助の父母でも、妹でもない。下で働いている職人とも違う。

「……えっ？」

そこにいたのは、腰の曲がった小柄なおばあさんだった。

そういえば梯子段を上がってくる音はしなかった。気配はいきなり襖のそばに現れたのだ。つまり、この人は竹之助の……。

「お……お……」

言葉がうまく出てこなかった。幽霊なら皆塵堂の中にいるのを何度か見たことがあるが、こんなにはっきりと、しかも間近で目にするのは初めてだ。

参太はおばあさんを見つめたまま後ずさりした。

少し後ずさったところで、踏み下ろそうとした足に何かが当たった。床に置いたままになっていた、櫛の入った箱だった。

このままでは踏み潰してしまう。参太はとっさに足を横に動かした。そのせいで体勢が崩れ、床に尻もちをついた。

おばあさんが部屋に入ってきた。参太は体がすくんで動けずにいる。

「お……お……」

腰が曲がってはいるが、その歩みは妙に滑らかだ。足の動きと進む速さが合っていないような気がする。

あっという間におばあさんは参太のすぐ前までやってきた。そこで立ち止まり、床にぺたりと座っている参太を見下ろした。

「お……お邪魔してます」

参太の口からようやく出た言葉はそれだった。少しまぬけな気はしたが、他に思いつかなかったのだ。

おばあさんは無言だった。ただじっと参太を見下ろしている。

いや、そうではない。おばあさんが見ているのは、そばに落ちている箱だった。参太の足にぶつかった時にふたが外れて、中にある櫛が覗いている。そこへ悲しげな目を向けているのだ。

「……そこにはね、ないんだよ」

しわがれた声がした。おばあさんの口は動いていない。耳に届いたのではなく、参太の頭の中に直《じか》に響いた感じだった。

参太は、何度も首を縦に動かした。この箱の中にないことは、竹之助から聞いて知っている。

おばあさんはしばらくの間、箱を見つめていたが、やがてゆっくりと首を振り、参太に背中を向けた。

おばあさんが戻っていく。遠ざかるにつれてその姿は少しずつ薄れていき、隣の部屋に入ったあたりで見えなくなった。

「ふわぁ」

おばあさんが消えた後も、参太は床に座り込んだままだった。足に力が入らないのだ。どうやら腰が抜けてしまったようである。

呆然《ぼうぜん》としている参太の耳に、何者かが梯子段を上がってくる音が聞こえてきた。

決して大きな音ではない。しかしそれでも、一段一段踏みしめるような、しっかりとした足音だった。

「参ちゃん、お待たせ」

二階にやってきたのは峰吉だった。嬉しそうな顔をしている。

「下で竹ちゃんのおじさんと話していたら、おばさんが買い物から帰ってきたんだ。もし櫛を見つけてくれれば、二階のいらない物はただで持っていって構わないと言われたよ。さすがに悪いから少しは銭を払うつもりだけど、それでもだいぶ安く……」

そこまで話したところで、ようやく峰吉は参太の様子に気づいたらしかった。

「……どうかしたのかい、参ちゃん」

「で、出た」

「何が？」

「竹ちゃんのおばあさんの幽霊だよ。さっきまでここにいたんだ」

峰吉は周りを見回した。

「いないけど。それにおばあさんの幽霊は竹ちゃんたちの夢の中に出てくるって話だったろう。その後で簞笥の引き出しとかが開いていたりはするみたいだけど、目覚めてからは姿を見ていないはずだ。参ちゃん、もしかして昼寝をしていたのかい」

参太は大きく首を振った。

「しっかり起きてたよ。それなのに出たんだ」

「ふうん。やっぱり参ちゃんは、その手のものを見る力があるのかもね」

参太はまた大きく首を振った。そんな力はいらない。

「まあ、とにかく櫛を捜すことになった。まだ竹ちゃんやおじさんが手を付けていない、残された隠し場所は……」

「あのさ、峰ちゃん。おいら、ちょっと思い付いた場所があって……」

「言っておくけど、簞笥とか箱に二重底のような仕掛けはないよ。竹ちゃんのおじさんも疑って、念入りに調べたらしいんだ」

「……ごめん、何でもない」

先手を打たれてしまった。さすが峰吉だ。勘がいいと参太は感心した。

「簞笥や箱、行李、鏡台、火鉢などには間違いなく櫛は入ってないとおじさんは言い切ったよ。それに天井裏にもないとなると、残された隠し場所は、あと三つしか思い付かない。きっと、そのうちの一つにあるよ」

峰吉は笑みを浮かべた。自信がありそうだ。

参太は周りを見回した。櫛を隠せるような場所はすでに竹之助たちが捜してしまっていて、もう残っていないように思える。

それでも峰吉は、まだ竹之助やその父親が手を付けていない場所が三ヵ所も残っているという。

「おいらにはまったく分からないや」

「まあ、そのうちの一つは部屋の中じゃないから難しいかもね」

峰吉はそう言いながら窓に近寄って障子を開けた。

「箪笥や箱に何か仕掛けがあるのではないか、と参ちゃんが考えたのは良かったと思うんだ。竹ちゃんのおじいさんが昔、指物師をやっていたってことから思い付いたわけだろう。そんな感じで、おじいさんが転々とした仕事を考えていけばいいんだ」

「ああ、そういえば屋根に瓦を葺く仕事をしていたこともあったって言ってたね」

参太も窓に近寄って外を見た。そこは通りに面した側で、窓の下には一間《いっけん》ほど一階の屋根が張り出していた。

「もしかして峰ちゃんは、この瓦の下に櫛が隠されていると思ったのかい」

「そうだけど……ずれたり、浮いたりしている瓦はないな。それに、通りや向かいの店から丸見えだ。おじいさんが何かごそごそやっていたら怪しまれる。ここにはさすがにないか。何より、瓦の下を捜すのは面倒だし」

峰吉は首を振ってから顔を横に向け、壁をじろじろと眺め始めた。

「……だけど、思い付いた隠し場所のうちの一つは、捜すのがもっと面倒臭いんだよな」

「み、峰ちゃん。まさか壁の中に隠したって言い出すつもりじゃないだろうね」

竹之助のおじいさんが左官屋の仕事もしていたことがあるのを参太は思い出した。

「やろうと思えばできるかもしれないけど、それはいくらなんでも……」

「うん、参ちゃんの言う通りだ。すぐにできる作業ではないし、塗り直した部分が目立つ。家の人に気づかれずに隠すのは無理だ。ここにもなさそうだな」

峰吉はまた首を振り、今度は窓に背を向けて立った。

「そうなると、残る場所は一つだ」

峰吉は窓のそばを離れて歩き出した。

どこへ行くつもりだろう、と思いながら参太が眺めていると、峰吉は部屋を出る手前で立ち止まった。

「ああ、そういうことか」

隣の部屋との間は四枚の襖で仕切られている。峰吉がそれらを動かしたり叩《たた》いたりし始めたのを見て、参太は合点がいった。

「峰ちゃんは、襖の中に櫛があると考えているんだね」

骨組みに紙を貼っている物なので、櫛くらいの薄さなら十分に隠せるだけの隙間《すきま》はある。

「うん、その通りだよ。竹ちゃんのおじいさんは建具屋さんと経師屋さんの両方で働いたことがあった。襖の張り替えなどお手の物だったはずだ」

「だけどさ、襖紙が替わっていたら家の人が気づくんじゃないかな。壁の塗り直しと同じで」

「おじいさんは、まだ綺麗なうちに襖や障子を張り替える人だったんだ。そんなことを竹ちゃんが言ってただろう」

「あ、ああ……そうだっけ」

参太は首をかしげた。聞いたような気もするが、よく覚えていない。

「多分、櫛が隠される少し前にも、襖の張り替えをしたんじゃないかな。だからこそ、家の人たちは襖を疑わなかったんだ。わざわざ綺麗なのを張り直してまで櫛を隠すとは思わないからね。捜し出すのも面倒だし」

「うん、瓦の下や壁の中ほどじゃないにしても、確かに面倒だね」

「おじいさんにしてみれば、まさに渾身《こんしん》の隠し場所だったわけだ……と俺は考えたんだけど、こんなことを言って見つからなかったら少し恥ずかしいな。まあ、でも、この襖が怪しそうだ」

峰吉の動きが止まった。閉めた時に端になる襖の、下の方を疑っているらしい。

「小刀のような物はあるかな」

峰吉は隣の部屋へ行き、積まれている箱のふたを開けて覗き始めた。

「ちょっと峰ちゃん。本当に穴を開けるのかい。よその家の襖に」

「もちろんだ……ああ、あった」

峰吉が小刀を手に戻ってきた。そして襖の前で膝《ひざ》をつき、怪しそうだと言った場所をためらうことなく切り付けた。

さすが峰吉だ。思い切りがいい。よその家の襖に遠慮なく穴を開けてしまった。

参太が感心していると、また誰かが梯子段を上がってくる音が聞こえてきた。

「ごめんね、なんか待たせちゃって。ちょっと下で荷物運びを手伝ってたから」

現れたのは竹之助だった。

峰吉がいるのは襖のこちら側である。だからまだ竹之助からは、峰吉の様子が見えていない。

襖に穴が開けられていることに気づいたら、竹之助はどんな顔をするだろうか。参太が息を呑《の》んで見守っていると、竹之助が敷居をまたぐ寸前に峰吉の腕がすっと横から伸びた。

「働き者だねぇ。ご褒美《ほうび》にこれをあげるよ」

峰吉は、何やら紙に包まれている物を竹之助に差し出した。

「なに、これ？」

眉をひそめながら受け取り、紙包みを開いた竹之助が、中身を見て目を丸くした。

「うおおっ、みんな、櫛があったよ」

竹之助が大声で叫びながら梯子段を駆け下りていった。すぐに一階で竹之助の父母や職人たちの歓声が沸き上がる。大騒ぎだ。

「さて、襖を直さなくちゃな」

峰吉は落ち着き払って言った。

「切った部分に上から紙を貼っておいて、改めて古道具を引き取りに来た時にちゃんと張り替えよう。参ちゃんには礼を言わないとね。ありがとう、おかげでいい商売ができたよ」

「それはよかった」

参太はにこりと笑った。襖の穴を見て驚く竹之助の顔は見られなかったが、そんなことはどうでもいい。

「竹ちゃんたちも嬉しそうだし、何より亡くなったおばあさんが喜んでいると思う。これでもう、幽霊として出てくることもなくなるだろうね。本当によかった……あれ？」

そもそもここへ来たのは、峰吉に幽霊を見せるためである。それなのになぜか、自分だけが幽霊に遭って腰を抜かしてしまった。

「もちろんおいらも嬉しいんだけど……」

参太は、何食わぬ顔で襖に紙を貼っている峰吉を睨んだ。

「……なんだか腹が立つな」

まだその手の話を、竹之助以外の友達からも聞き集めている。次こそは峰吉を震え上がらせてやるぞ、と参太は心に誓った。

第二章　誰かの夢

参太はいらいらしながら通りに水を打っている。

峰吉に幽霊を見せるために竹之助の家に行ったのに、残念ながら果たすことができなかった。それどころか、なぜか自分の方がおばあさんの幽霊に出会って、腰を抜かしてしまった。このことに参太は少し腹を立てているのだ。

だが、それはまだ我慢できる。峰吉のおかげで、おばあさんが捜していた櫛が見つかったからだ。竹之助によると、あれから妙な夢を見ることはなくなったそうである。きっとおばあさんは満足して、あの世へと旅立っていったのだろう。だから竹之助の家で起こったことについて文句を言うつもりはない。

それよりも頭にくるのは、次の「幽霊が出そうな場所」へ峰吉をまだ連れ出せていないことである。

すでに同じ手習所に通う友達から、話は仕入れている。あとは峰吉と一緒にそこへ行けばいいだけだ。それなのに、肝心の峰吉が乗り気ではないのである。

竹之助の家で「次こそは峰吉を震え上がらせてやるぞ」と意気込んだのに、それからもう五日が経ってしまった。さすがにこれにはいらいらする。

「どうにかして峰ちゃんをその気にさせないといけないが……」

参太はつぶやきながら水を撒く手を止め、正面にある皆塵堂へと目を向けた。売り物の古道具が積まれているせいで店の奥がよく見えなかったが、それでも少し横に動くと、峰吉が作業場に座っているのが目に入った。壊れた古道具の修繕をしているらしい。相変わらず店の片付けだけはしないが、その他の仕事は熱心にする男である。まだ小僧の身なのに立派なものだ。

見習うべきところも多い、と参太が感心していると、その峰吉が顔を上げた。参太が見ていることに気づいたようだ。

峰吉は直していた古道具をわきに置いて立ち上がった。作業場から店土間に下り、参太の方へ向かって歩いてくる。

「やあ、参ちゃん。手習から帰ってきたのか。おかえり」

店の外に出てきた峰吉は、そう言いながら通りを見回した。

「う、うん、ただいま。ところで峰ちゃん、話があるんだけど……」

参太がそう言っても、峰吉の目は通りに向いたままだった。きっと暇そうな様子で歩いている人がいたら、店に呼び入れて古道具を売り込もうと考えているに違いない。呆《あき》れるほど商売熱心である。

「そろそろ次の幽霊が出そうな場所へ行きたいと思っているんだけどさ」

「ああ、その話ね……」

ようやく峰吉は通りを見るのをやめた。しかし目を向けたのは参太ではなく皆塵堂だった。少し困った顔をしている。

参太もつられるように皆塵堂を見た。店主の伊平次はまた魚釣りに出かけているのか、留守のようだ。しかしその代わりに、鳴海屋の隠居の清左衛門が奥の座敷にいた。特に用があって来たわけではないらしく、のんびりとした顔で座っている。

「今なら峰ちゃんが外に出るのを許してくれるんじゃないかな。古道具の買い付けに行くって言えばさ」

清左衛門は皆塵堂の家主である。そんな人にまた店番をやらせるのは悪い気もするが、他にいないのだから仕方がない。

「いや、別にごまかさなくても許してもらえるよ。鳴海屋のご隠居様は、むしろ俺を行かせようとしているんだ。参ちゃんが聞き込んできた、幽霊が出そうな場所に」

「ふうん。どうしてだろう」

竹之助の家で起こったことは鳴海屋の清左衛門も知っている。帰った後に、何があったのか尋ねられたからだ。峰吉の代わりに店番をしてもらった手前、さすがに黙っているわけにはいかず、詳しく話したのである。

「あの時の話が面白かったのかな」

参太は首をかしげた。

「そうかもね。ご隠居様は、『わしが暇な時は店番を代わってやるから、参太と一緒に行ってきなさい』って言うんだ。だから店番についての心配はいらない。だけど……俺の方があまり面白そうだと思わないんだよね。参ちゃんが新たに聞き込んできた話をさ」

「おいら、まだ峰ちゃんには少ししか教えていないんだけど」

菊次郎《きくじろう》という友達がものすごく不思議な夢を見た、と伝えただけである。

「夢の話だと分かっただけで十分だよ。はっきり言って、他の人が見た夢の話を聞くのって、すごくつまらないと思うんだよね。竹ちゃんの時はそれでも、夢だけでなく本当におばあさんの幽霊が出た跡が残っていたから、まだよかった。だけど今度のは、それもないみたいだし」

「うん、まあね。でも本当に奇妙な夢なんだ。本人から詳しく聞けば、きっと峰ちゃんも面白く感じるはずだよ。菊ちゃんは親戚のところに出かける用事があるんだけど、今ならまだ家にいると思う。すぐに呼んでくるから、峰ちゃんはここで待ってて」

参太はそう告げると急いで手桶を片付け、峰吉の返事を聞かずに走り出した。

「今ね、おいらの叔母さん……おっ母《か》さんの妹にあたる人だけど、体の具合を悪くして、寝込んでいるんだ。もうだいぶよくなったけどね」

仙台堀《せんだいぼり》に沿った道を歩きながら、菊次郎はそう話を切り出した。

「その叔母さんの子供、つまりおいらのいとこだけど、まだ小さいんだよ。二人いて、上が五つで下が三つかな。だから叔母さんが寝込んでいる間、うちのおっ母さんがその子たちの面倒を見にいってるんだ。朝早くうちを出て叔母さんの家に行き、晩に帰ってくる」

「それは大変だ……ああ、そっちに行くのか」

道をそのまま進みそうになった参太は、菊次郎が右に曲がったのに気づいて慌てて戻った。海辺橋《うみべばし》という橋が架かっている場所だ。

「叔母さんの家はこっちの道をずっと行ったところにある、北森下町《きたもりしたちょう》にあるんだよ。参ちゃんは知っているはずだけど」

菊次郎は不思議そうな顔をした。

「ご、ごめん。ついうっかり」

参太はすでに菊次郎から、夢の話をすべて聞いている。それどころか、実際にこの道を菊次郎と一緒に歩いたこともあった。今は峰吉のために、あらためて初めから話してもらっているのだ。

その峰吉は参太たちの少し後ろを歩いている。周りにある店などに目を向けているが、それは多分、古道具の買い付けができそうなところを探しているためだろう。いつも思うことだが、本当に商売熱心だ。

参太はしばらくの間、歩きながら峰吉の様子を眺めていたが、再び菊次郎へと目を移した。うっかり道を間違えそうになった自分とは違い、峰吉はしっかり者だ。周りに目を配りながら、こちらの話にも耳を傾けているに違いない。

「ええと、それで……菊ちゃんもここ最近は毎日、手習が終わった後で北森下町まで行ってるってことだったよね」

「うん。叔母さんやいとこたちの晩飯はおっ母さんが作るわけだけど、それならおいらの分まで一緒に支度した方が楽だろう。だから叔母さんのところで晩飯をみんなで食べて、それからおっ母さんと二人で自分の家に帰るんだ。その頃には叔母さんの旦那さんが仕事を終えてくるから、いとこたちの心配はない」

「ふうん。でもそれだと、菊ちゃんのおじさんは晩飯をどうしているんだろう」

「うちのお父《とっ》つぁんは、外のお蕎麦屋《そばや》さんとかで食べてるみたい。叔母さんの具合が良くなるまでのことだから仕方ないよ」

「そうなんだ……」

少しかわいそうな気もするが、確かにそれは仕方がないとしか言えない。

「……だけど菊ちゃんも、毎日大変だよね。おいらたちが住んでいる深川亀久町から北森下町までは、片道で四半時くらいかかるんじゃないかな」

「今日は参ちゃんたちがいるからまっすぐに向かっているけど、おいらが一人の時はわざと遠回りして知らない道を行ったりするんだ。だからもっとかかるよ。それに帰りはこの道を通るけど、おっ母さんが知り合いと立ち話を始めるせいで、やっぱり遅くなる。二年くらい前まで、おいらたちは北森下町の手前にある海辺大工町《だいくちょう》に住んでいたんだ」

「へえ」

参太は周りを見回した。ちょうどその海辺大工町に近づいたあたりだった。

「この先を曲がったところにある長屋に住んでたんだ。ものすごく古くてさ。遊んでいる時に軽く壁にぶつかっただけで穴が開くんだぜ。それでおっ母さんによく叱られた。あと、こっそりかわいがっていた野良猫に餌《えさ》をあげているのがばれて怒られたこともある。おっ母さんは猫が嫌いなんだ。まあそんな思い出しかないかな」

菊次郎はそこで少しの間、無言になった。

きっと菊次郎はその長屋に住んでいた頃を思い返しているのだろう。

参太は余計なことを言わずに黙って歩いた。菊次郎はたまに首をかしげたり、顔をしかめたりしている。やはりあまりよい思い出は浮かばないようだった。

「……ああ、ここだよ。おいらの夢に出てきた場所は」

やがて菊次郎は立ち止まり、通りからのびている狭い横道を指差した。

「おいらはこれまでに三回、奇妙な夢を見ているんだけど、最初に出てきたのはこの場所だ。角に八百屋さんがあるだろう。そこのおかみさんと、うちのおっ母さんが顔見知りなんだよ。それで……」

「ああ、ちょっと待って」

菊次郎が話し続けようとするのを参太は慌てて止め、後ろを振り返った。

「峰ちゃん、いよいよ夢の話が始まるよ」

「うん、ちゃんと聞いてるさ」

峰吉はつまらなそうな顔をしている。

だが話が終わった時には、きっとその顔も変わっているはずだ。参太はそう思いながら菊次郎へと目を戻した。

「ええ、それでは菊ちゃん、不思議な夢の話をお願いします」

参太は菊次郎に向かって頭を下げ、どうぞ、と手を前に出した。

「そんなふうにされると話しづらいなぁ。ええと……さっきも言ったように、そこにある八百屋さんのおかみさんと、うちのおっ母さんは知り合いなんだよ。だから叔母さんのところから帰ってくる途中で顔を合わせると、立ち話が始まっちゃうんだ。おいらはそれが終わるまで待たされてしまう」

「ふうん、それは迷惑だね」

菊次郎が話しやすいように、参太は適当にあいづちを打つことにした。

「うん、そうなんだよ。おいらだけじゃなく、道を歩く他の人にも迷惑だ。今はまだ昼間だから少ないけど、夕方だともっと人通りが多くなるし」

「ああ、確かにそうだね」

参太は周りを見回した。八百屋の他にも店が立ち並んでいる場所だ。夕方になれば買い物をする人で込み合うだろう。菊次郎の言うように、そういう人たちの邪魔になる。

「だからおいらは、二人の立ち話が始まったら、八百屋さんのわきにある横道におっ母さんを少しずつ引っ張っていくんだ。そっちはあまり人が通らないからね。そうすると話し相手の八百屋さんのおかみさんも一緒にくっついてくるから、他の人の邪魔にならずにすむってわけだ」

「なるほど、菊ちゃんはさすがだ」

参太は大きくうなずいてみせた。

「叔母さんのところに通うようになった、最初の日の帰りからそうだったんだ。ちょうど今から十日前だよ。いとこたちはまだ小さいから寝るのが早い。だから晩飯も早めに食べるんだけど、それでもここを通る頃はかなり薄暗くなっている。おいらは早く帰りたい。でもおっ母さんたちは立ち話を始める。道行く人々の目は冷たい。それでもおっ母さんたちは気にせずにしゃべり続ける」

「ああ、本当に困ったものだね」

これは菊次郎が話しやすくなるためのあいづちではなく、心の底から出た言葉だった。参太の母親や叔母も、よくそれだけ喋《しゃべ》ることがあるものだと感心するくらい話が長いのだ。

「うん、まったくだ。とりわけその日は最初だったから、おいらはどうしていいか分からず、少しの間おっ母さんたちの周りをうろうろしちゃったよ。その後で横道に引っ張っていくことを思い付いたんだけどさ」

菊次郎はそこで、はあ、と大きくため息をついた。

「どうしたんだい」

「いや、そうすることで通りを歩く人の迷惑にはならずにすむけど、おっ母さんたちの話はかえって長引くんだ」

「ああ、なるほど……」

思わず参太も、菊次郎と同じようにため息をついてしまった。気の毒な話だ。

「今はもう慣れたけど、最初の日はやけに疲れちゃったよ。おいらは横で待っていただけなのにさ。だから家に帰ったらすぐに寝た。そうしたら、奇妙な夢を見たんだ」

菊次郎はそこで言葉を止めて、峰吉へと目を向けた。きっと話をしっかり聞いているか不安になったのだろう。

もちろんそれは参太も同じだ。やはり峰吉へと目をやった。

峰吉はまだつまらなそうな顔のままだったが、それでも「ちゃんと聞いてるよ」と言ってうなずいたので参太はほっとした。菊次郎も安心したらしく、再び話をし始めた。

「夢の中でおいらは、少し高いところからあの八百屋さんを見ているんだ。夕方らしく、あたりは薄暗い。八百屋のおじさんが青物を売るために道行く人々に声をかけていて、その横でおかみさんも忙しそうに立ち働いている。そんな様子をしばらく眺めていたら、おかみさんが急に道のあっちの方へ向かって手を振り出したんだよ」

菊次郎が腕を上げて、通りの先を指差した。この後で菊次郎が行こうとしている、北森下町がある方だった。

「どうやらそっちから知り合いがやってきたみたいなんだ。見ていると、すぐにその人が現れた。それがなんと、おっ母さんなんだよ。後ろにおいらもいた。それで、おっ母さんとおかみさんが笑顔で立ち話を始めて、おいらはその周りをうろうろしだすんだ。少しすると、道行く人の邪魔にならないようにおいらがおっ母さんの着物の袖《そで》を引っ張って横道に連れていった。その場所でまた長々とした立ち話が始まり、おいらは困り顔でその横に突っ立っている。そのあたりで目が覚めたんだ。もう朝だった」

これで菊次郎の見た、最初の不思議な夢の話は終わりである。

「うん、何度聞いても面白い話だと思うよ。菊ちゃん、ありがとう」

参太は礼を言うと、峰吉の方へ顔を向けた。

「峰ちゃんはどう思った？」

「前の日にあった出来事が、夢に出てきたってことか。そっくりそのままというのは、確かにあまりないかもね。夢なんてのは荒唐無稽《こうとうむけい》って言うのか、とにかくでためなことが多いから。きっと菊ちゃんはその時、よほど困ったんだと思うよ。だからそんな夢を見たんだ。珍しくはあるけど、そこまで驚くことではないかな」

「うん、峰ちゃんが言っているところも奇妙ではあるね。だけどおいらが不思議だと思うのは、そこじゃないんだよなぁ」

「それなら、どこだと言うんだい」

「夢の中に自分が出てくるんだよ。峰ちゃんはそんな夢、見たことあるかい？」

参太の言葉を聞いた峰吉は、はっとしたような顔になった。

「……言われてみれば、そんな夢を見たことはないな。俺は夢の中でも、起きている時と同じように自分の目を通して周りを見ている。ところが菊ちゃんの夢は、別の場所から自分の姿を眺めているのか。ううむ、確かに妙な夢だ」

どうやら峰吉は、菊次郎の夢の話に興味を持ったようだ。腕を組み、考え込むように首をかしげている。

参太は笑みを浮かべた。別に勝ち負けでないのは分かっているが、なんとなく「勝った」という気分になった。

だが、これでは足りない。峰吉をここへ連れてきたのは震え上がらせるためなのだ。今のところはまだ、菊次郎が不思議な夢を見たというだけの話である。

「あのさ、峰ちゃん。菊ちゃんが見たのは、立ち話をする母親たちの周りをうろうろしている自分を、少し高いところから眺めている夢だよね。前の日に本当にあったことなのだから、うろうろしているのは間違いなく菊ちゃん本人だとおいらは思うんだよ。でもそうだとしたら、それを眺めているのはいったい誰なのかな」

「そりゃ菊ちゃんが見ている夢なんだから、そっちもやはり菊ちゃんだろう」

「そちらは姿が見えていないのだから分からないよ。違う人ってことも考えられるんじゃないかな。前の日に、別の何者かが菊ちゃんたちの様子を覗いていたのかもしれない。そして、その人が見た夢、あるいは考えたことが菊ちゃんの夢の中に流れ込んできて……」

「参ちゃんはすごいことを思い付くなぁ」

峰吉は感心したような顔で参太を見つめた。

「いやあ、峰ちゃんにそんなふうに言われると照れるよ」

参太は頭をかいた。すごく誇らしい気分になった。

しかしもちろん、これで満足するわけにはいかない。峰吉は面白がっているだけだ。まったく怖がってはいない。

大事なのはこのあとだ。話にはまだ続きがある。

参太は菊次郎へと顔を向けた。

「夢の中で菊ちゃんが、自分たちの姿をどのあたりから眺めていたのか、峰ちゃんに教えてあげてよ」

参太は前にも菊次郎と一緒に来ているので、それがどこなのか知っている。だから自分が教えてもよかったが、こういうのは本人から伝えた方がいいだろうと考えて、菊次郎に譲った。

「あそこの二階のあたりからだと思うよ」

菊次郎は一軒の家を指差した。

通りを挟んだ、八百屋の斜め前にある家だった。何かの店のようだが、今は表戸が閉じられている。

「叔母さんの家に通うようになった十日前から、ずっと閉まっているんだ。きっともうお店をやめてしまったんだろうね」

「ふうん。空き家なのか」

峰吉がその家に近づいていった。「ちょうど店が潰れた頃に来たかったたな」などとつぶやいている。たぶん古道具屋の仕事のことを考えているのだろう。いらなくなった商売道具などを安く買い取れたはずなのに、と悔しく思っているに違いない。

「あのさ、峰ちゃん。仕事熱心なのは結構だけど、今は菊ちゃんの夢のことを考えてよ」

「ああ、そうだった……お、二階の窓の障子が開いている。空き家の持ち主か、あるいは大家さんみたいな人が、家が傷まないように風を入れているのかな。いや、もしかしたら商売をやめただけで、まだ人が住んでいるのかもしれない。それなら売りたい物はないかと声をかけてみても……」

どうしても仕事のことへと考えがそれていく。参太は感心しつつ呆れた。

「峰ちゃん、聞いてよ。もし誰かが菊ちゃんたちの様子を覗いていたのだとしたら、あの窓からだとおいらは思うんだ。だけど、それだと妙なことがあるんだよね。ちょっとこっちへ来てよ」

参太は八百屋のわきの狭い横道に峰吉を連れていった。通りを歩く人の邪魔にならないように、立ち話をする母親たちを菊次郎が引っ張っていった場所だ。その後、菊次郎は困り顔で突っ立って、母親たちの話が終わるのを待っていたという。

「菊ちゃんが立っていたのは、ここだよね」

参太は念のために確かめた。

「うん、おいらが立っていたのは、ちょうどそこだね」

菊次郎がうなずいたので、参太は峰吉をその場所に立たせた。菊次郎よりも二つ年上だが、背は峰吉の方が少し低い。目の高さを合わせるために背伸びをしてもらう。

「どう？」

「ここからだと木が邪魔して、窓が隠れてしまっているな」

峰吉は顔をしかめた。

「そうなんだよ」

参太は満足げに大きくうなずいた。

横道を挟んだ八百屋の隣の家には狭い庭があり、木が植わっている。その枝が、峰吉が眺めている窓と重なっているのだ。そうなると当然、窓の方からもこちらに立っている者の顔は見えないはずである。

だが、それはおかしい。夢の中で菊次郎は、困り顔で横道に突っ立っている自分の姿を見ているからだ。

「……だけど、窓がすっかり隠れてしまっている、というわけではないんだよね」

参太は峰吉のすぐ後ろに立ち、目の高さを合わせて、閉まっている店の二階の窓を見上げた。

二階の通りに面した側は、一階より少し奥に引っ込んでいる。そのため窓の下には一階の屋根が一間ほど張り出していた。それはよく見える。

だがそのすぐ上からは葉の茂った木の枝の陰になってしまい、二階の窓は大半が隠れている。かろうじて一番上のあたりが見えるだけだ。

「窓の、あんな高いところから覗けるのは、見上げるような大男か、あるいは……」

参太はそう言いながら、今度は峰吉の正面に回った。自分の言葉を聞いた峰吉がどんな顔をするのか見るためである。

「……宙に浮いているかだ。ぶら下がっているって言ってもいいかな」

少しは驚いてくれるかと思っていたが、残念ながら峰吉の表情は変わらなかった。

「ふうん。参ちゃんは、あの二階の部屋で首を吊《つ》った人がいて、その人が菊ちゃんを見ていたと考えているわけか。もちろんその時に本当にぶら下がっていたわけじゃなくて、幽霊ってことなんだろうけど」

「う、うん。まあね」

参太はうなずいた。峰吉の言う通りである。自分はあの場所に、首を吊って死んだ人の幽霊がいたと考えているのだ。

「それはどうかなぁ。参ちゃんが初めに言ったように、見上げるような大男がいたのかもしれない。そうじゃなくても、台の上に乗ればいいだけのことだ」

「どちらにしても、それだと生きている人ということになる。でも本当に誰かがあそこから覗いていたなら、八百屋さんの前をうろうろしていた時に菊ちゃんが気づくはずだと思うんだよね」

参太は菊次郎の方を見た。

「え、ええと……自信があるわけじゃないけど、たぶん誰もいなかったと思うんだよね。おっ母さんたちが通りを歩く人の邪魔になるんじゃないかと心配で、きょろきょろしていたんだよ。だから、たとえ二階の窓からでも、誰かが覗いていたら分かったと思う」

「菊ちゃんはこう言っている」

参太は峰吉へと目を戻した。

「そしておいらは、菊ちゃんは正しいと考えている。生きている人は誰も覗いていなかったんだ」

「うん、それは合っていると俺も思う」

「それなら、覗いていたのは幽霊ということになる。さっき峰ちゃんが言ったように、かつてあの二階の部屋で首を吊った人がいたんじゃないかとおいらは考えている。もちろんその人の亡骸《なきがら》は運び出され、ちゃんと弔われたはずだ。だけど今でも魂はあの部屋に残っていて、『俺はまだここにいるぞ、だれか気づいてくれ』と訴えているんじゃないかと思うんだ」

「……あの部屋でねぇ」

峰吉は横道から再び通りに戻り、その潰れた店に近づいていった。

「そう、あの部屋で亡くなり、幽霊となって今も留まっているんだ」

参太も峰吉の後ろをついて歩きながら言葉を続けた。

「きっと自分に気づいてくれる人を探し求めて、ずっと窓から外を覗いているんだよ。だけどこれまでは、そんな人は現れなかった。そこへやってきたのが、菊ちゃんなんだ」

峰吉が潰れた店のすぐ前で立ち止まった。その背中に向かって参太は話を続けた。

「他の人と同じように、やはり菊ちゃんにも幽霊の姿は見えなかった。だけど、何かこう、感じるというか、通じるものがあったんじゃないかな。菊ちゃんは、他の人の邪魔にならないように母親たちを横道に連れていった。そういう周りへの気づかいができる優しい子だから、もしかしたら自分のことを分かってくれるかもしれないと幽霊は考えたと思うんだよね。それで夢という形で、菊ちゃんに訴えることにしたんだ」

「……参ちゃんは本当に面白いことを思い付くよなぁ。すごいよ」

そう言いながら峰吉は、潰れた店の二階の窓を見上げた。

「だけど窓のそばには首吊りの縄を引っかけるところがなさそうだけどなぁ」

「ここからだと見えないところに、釘か何かが打ち付けてあるのかもしれない。そこでさ、峰ちゃんにお願いがあるんだよ。そういうのを調べるために、峰ちゃんには一度、この家の中に入ってもらいたいんだよね」

参太は峰吉に向かって手を合わせた。

「古道具の買い付けに来たってことなら、話が通りやすいと思うんだ。ああ、でも菊ちゃんはこれから叔母さんの家に行かなけりゃならないし、おいらも古道具屋さんじゃないんだから、もし中に入れることになったら、峰ちゃん一人だけで行ってもらいたいんだけど」

前回の竹之助の家の時のように、なぜか自分の方が幽霊に出会ってしまう、なんてことは避けたいと思い、参太はそう付け加えた。

「うん、構わないよ。近くから見てもやっぱり空き家のような気がするし、もしまだ人が住んでいたとしても売るような古道具があるとは思えないけど、念のため声をかけてみるつもりではいたからさ」

峰吉は平気な顔で答えた後で、菊次郎へと顔を向けた。

「確か菊ちゃんは、奇妙な夢を三回見たって言ったよね。先に残りの二つの場所に案内してほしいんだけど」

「うん、分かった」

菊次郎はうなずき、横道を奥に向かって歩き始めた。

「……こっちの方が近いから、先に三度目の夢に出てきた場所から教えるよ」

そう言って菊次郎が立ち止まったのは、八百屋からさほど離れていないところだった。

狭い横道の両側に板塀が続いている、その途中である。

「さっきの八百屋さんの時と同じで、叔母さんの家から帰る時に、この横道を通ったんだ。前にこのあたりに住んでいたことがあるって言っただろう。その頃におっ母さんと仲良くしていた人が、この横道のもっと先の方に住んでいるんだ。おっ母さんとおいらは、その人の家に寄ったものだから、その日はいつもより帰りが遅かった。かなり暗くなっていたから、急いでここを通り抜けたんだよ。その時のことが夢に出てきたんだ。やはり別のところから、おいらたちの姿を見ている夢だった」

「ふうむ」

峰吉は周りを見回した。

「この板塀の向こうにあるのは平屋の家みたいだな。さっきのように二階から覗くことができないけど、いったいどこから菊ちゃんたちの姿を見ていたんだい」

「そこだよ」

菊次郎は板塀の下の方を指差した。子供なら這《は》って通り抜けられそうな大きさの穴が開いている。古い板塀で、長いこと何の手入れもされていないらしく、そのせいで地面に近いあたりが腐って落ちているのだ。

「その穴から眺めていたんだ。先におっ母さんが『早くしなさい』と言うのが聞こえてきてね。それにおいらが『おっ母さんがのろのろしているから』なんて文句を言っている声がして、穴の向こうの道をおいらたちが足早に通り過ぎていったんだよ」

「へえ。今度は低いところから見ていたのか」

峰吉が腰をかがめて穴を覗きこんだ。参太もその横で膝《ひざ》と手をつき、同じように板塀の向こう側を見た。

狭い庭があり、その向こうに平屋の家が立っている。

先ほどの潰れた店の方は、今もまだ人が住んでいるのかどうか分からなかった。しかしこちらは明らかに空き家に見える。雨風にさらされた汚い雨戸が閉まったままだし、庭も荒れていて、草が伸び放題だ。

「おいらが前にこの近くに住んでいた頃には、まだここに人がいたんだよ」

参太たちの後ろで菊次郎が言った。

「おじいさんとおばあさんが二人で住んでいた。どこか別の場所で商売をやっていたんだけど、お店を息子さんに譲って、自分たちはここでのんびり暮らしていたらしい。だけどある時、おじいさんの方が庭で倒れてしまったんだ。おばあさんが家にいればよかったんだけど、その時は運悪く買い物か何かで出かけていて、見つけるのが遅れたんだって。かわいそうなことに、おじいさんはそのまま亡くなったって聞いたよ」

「つまり……」

参太は自分の考えを話そうとしたが、それを口にする前に峰吉がしゃべり始めた。

「参ちゃんの言いたいことは分かるよ。この穴から菊ちゃんたちを覗いていたのは、そのおじいさんの幽霊だと考えているのだろう。まだ死んだ場所に魂が残っていて、『わしはここにいるぞ』と訴えている。それを伝えるために菊ちゃんにそんな夢を見せたんだ、と言いたいんだね」

「う、うん」

さすが峰吉だ。勘がいい。

「それを調べるために、峰ちゃんにこの家に入ってほしいんだ。古道具の買い付けに来たってことなら話が通りやすいと思うんだよ。たぶん近くに大家さんみたいな人がいるだろうから、その人に頼んで……」

「ここは明らかに空き家だから、断られるだけだと思うよ」

先ほどと同じことを言う参太に、峰吉は呆れたような声で答えた。

「そもそも誰も住んでいないのだから、勝手に忍び込めばいいと思うんだけど、そういう考えが出てこないのが参ちゃんらしいよ」

真面目だねぇ、と感心したようにつぶやいてから、峰吉は菊次郎の方を振り返った。

「最初の夢を見たのは十日前だったよね。この三度目の夢は、いつ見たか分かるかい」

菊次郎は首をかしげた。

「ええと……よく覚えてないけど、たぶん五日くらい前じゃないかな」

「うん、その通りだよ」

参太は横から口を挟んだ。

参太が菊次郎からこの三度目の夢の話を聞いたのは、峰吉と一緒に竹之助の家に行った日だったのだ。手習所で二人の話を耳にして、どちらから先に峰吉を連れていこうかと迷ったのでよく覚えている。

「ふむ、五日ほど経っているのか」

峰吉は顔をしかめながらそう言うと、穴に顔を近づけて庭を眺め回してから、勢いよく立ち上がった。

「さあ菊ちゃん、次は二度目に見た夢の場所へ案内してよ」

いく。

「うん、分かった」

菊次郎はうなずくと、横道を八百屋の方へ戻り始めた。峰吉もすぐ後ろからついていく。

しかし参太はまだ穴の前に残っていた。腰をかがめていただけの峰吉と違い、膝をついていたので立ち上がるのが遅れたのだ。

だが焦ることはない。前もって菊次郎から話を聞いているので、二人が向かった場所は分かっている。

参太はのんびりと着物の膝についた土埃《つちぼこり》を手で払い始めた。

その時、ふいに穴の方から気配のようなものを感じた。物音がしたとか、目の端を何かが横切ったとかいうわけではないが、それでもはっきりと、何者かが自分を見ている、と思ったのである。

参太はおそるおそる穴へ目を向けた。そこにおじいさんが倒れていて、うつろな目で参太を見上げている……などということは幸いにしてなかった。穴の向こうの庭には誰の姿もない。しかしそれでも背筋が寒くなり、ぶるっと震えた。

「ちょっと、おいらを置いていかないでよ」

参太は大声を出しながら二人を追いかけ始めた。

走りながら参太は、菊次郎が見た二度目の夢の話を思い返した。それを見たのは六日前で、場所は初めの夢に出た八百屋の近くの空き地だ。横道から通りに出て、菊次郎の叔母の家の方へ向かって少しだけ歩いたところにある。

夢の中身は先ほどの、板塀の穴から覗いていたものとほぼ同じだった。帰りが遅くなり、夕闇の中を足早に通り過ぎる菊次郎と母親の姿を、空き地から眺めていたそうである。

「ふうん、今度は草むらから見ていたのか」

参太が空き地の前で二人に追いつくと、峰吉がそう言ってうなずいていた。ちょうど菊次郎から話を聞き終わったところのようだ。

「どうして夢の中で菊ちゃんは、空き地の前を通ったのが自分たちだと分かったんだい。かなり暗くなっていたんだよね。板塀の穴から見ていた時と違って、二人はしゃべっていなかったみたいだけど」

「なぜか暗い中でもはっきりと見えたんだ」

「ううむ。夢の中だから、と言ってしまえばそれまでだけど、気になるな」

「……それは、菊ちゃんたちを見ていたのが幽霊だからだよ」

参太は二人の話に割って入った。

「幽霊ってのは暗闇でも平気なんだ」

「そうかなぁ」

峰吉は納得していない様子である。

「そうに決まってるよ」

暗くて周りが見えないせいで、石につまずいたり塀にぶつかったりする幽霊の話など聞いたことがない。

「きっとこの空き地でも亡くなった人がいるんだよ。その人の魂が今でもさまよっていて、菊ちゃんにそんな夢を見せたんだ」

「それならそれで結構だけどさ」

峰吉はそう言いながら空き地に入っていった。地面に目をやりながらぐるりと一周する。それから特に丈の長い草が生えている空き地の端のあたりで立ち止まった。

「……菊ちゃんに聞くけど、夢の中で体がだるく感じたとか、やけに腹が減っていたとか、そういうことはなかったかな。ここだけじゃなく、三回見たすべての夢の中での話だけど」

足を使って草むらをかき分けながら、峰吉は菊次郎に尋ねた。

「すごく腹は減っていたけど、それは朝、起きる少し前に見た夢だからじゃないかな。おかげで朝飯がおいしかったよ」

「へえ」

草むらの中には、めぼしいものはなかったようだ。峰吉は参太と菊次郎のそばに戻ってきた。

「さて、菊ちゃんはこれから叔母さんの家に行かなければならない。あまり遅くなると心配されるだろうから、俺たちとはここで別れよう。今日はありがとう。すごく面白い話を聞かせてもらったよ」

「あ、うん。二人はこの後も、いろいろと調べるんだよね。何か分かったら教えてよ」

菊次郎はそう言うと、「じゃあね」と二人に手を振り、叔母の家へ向かって歩き出した。その背中を見送りながら、参太は峰吉に尋ねた。

「なんか、峰ちゃんはおいらの言うことを信じていないみたいだね」

「いや、そんなことはないよ」

峰吉は首を振った。

「菊ちゃんが見たのは別の誰かの夢、もしくは思いみたいなものだ、という参ちゃんの考えは正しいと思う。ただ、その正体については違う。三つの夢は、すべて同じ相手が見せていたと思うんだ。それに、夢を見せた時にはまだ生きていたんじゃないかな。まあ、生霊《いきりょう》ってやつだ。だけど今はどうなっているか分からないから、急がないと」

峰吉はそう言うと足早に道を戻り始めた。

「ちょっと、どこ行くの?」

参太は慌てて峰吉を追いかけた。

八百屋の斜め前にある潰れた店の前を峰吉は素通りした。目指しているのは、菊次郎が三度目に見た夢の場所のようだ。峰吉は八百屋のわきの横道に入っていく。

「峰ちゃんが考えている夢を見せたやつの正体を、詳しく教えてほしいんだけど」

参太も横道に入った。すでに峰吉は板塀の穴の前にいて、地面に這いつくばっている。

「勝手に中に入ったら叱られるよ」

参太はあたりを見回した。幸い、こちらを気にしている者はいなかった。

峰吉の姿が穴の向こうに消えた。ようやくそこで追いついた参太が覗き込むと、峰吉は庭を歩き回っていた。

参太も穴を通り抜けることにした。峰吉が見つかったらどうせ自分も一緒に叱られるのだ、と考えたのである。

「……おいら、さっきここで妙な気配を感じたんだよね。別に何もいなかったけど」

周りを気にしながら地面に這いつくばり、参太は庭へと入りこんだ。

「参ちゃんがそういうのなら、やはりこの場所が怪しいということになるけど……」

峰吉は庭を歩き回るのをやめ、空き家の床下を覗き始めた。

「別においら、幽霊を見る力なんて持ってないから」

そう言いながらも参太は庭をきょろきょろと見回した。怪しいものは目に入らなかった。それに気配も感じない。

参太はほっとしながら目を峰吉に戻した。

「それより峰ちゃんは、菊ちゃんに夢を見せたやつの正体を何だと考えているの？」

「最初の夢では潰れた店の二階の高さから見ていたようだけど、窓ではなく一階の屋根の上じゃないかと俺は思っているんだ。まあ、いずれにしろ高いところなのは変わりがない。それから二度目の夢では、空き地の草むらの中から覗いていた。そして三度目の夢はそこの板塀の穴、つまり低いところからだ。あと、そいつは暗闇でもものがよく見えるらしい。幽霊とか言わずに、素直にその正体を考えれば参ちゃんにも分かるはずだよ。うちにも一匹いるけど」

最後の言葉で参太にも峰吉が考えているものが分かった。

「……猫だ」

「そう。菊ちゃんは前にこのあたりに住んでいた時に、こっそり野良猫に餌をやっていた。そいつじゃないかと俺は思うんだ。体の具合が悪いとか、どこかを怪我しているとかで物が食えなくなっていたんじゃないかな。そんな時に菊ちゃんの姿を見て、助けを求めようとしたのだと思う。だけど猫嫌いの菊ちゃんの母親が一緒にいて近づけなかった。前に追い払われたりしたことがあったのかもしれないね。猫はそういうのをよく覚えているから」

「それなら菊ちゃんが一人でいる時に……ああ、駄目か」

叔母さんの家へ向かう時は遠回りをして、知らない道を通ると菊次郎は言っていた。

「……とにかく峰ちゃんは、助けてほしいという猫の強い願いが、菊ちゃんの夢に届いたんだと考えているわけだね」

「もちろん俺の考えが合っているとは限らないよ。幽霊だという参ちゃんの考えが正しいのかもしれない。確かなのは……」

峰吉は空き家の床下の奥を指差した。

「……あそこに猫が倒れているってことだ」

参太も床下を覗き込んだ。薄暗いのでよく見えないが、奥の方に黒っぽいものが転がっているのがかろうじて分かった。

「本当に猫なの、あれ」

参太が尋ねると、峰吉は深くうなずいた。

「幽霊や猫ほどじゃないけど、俺は目がいいんだよ。暗闇でもよく見える。十日前はまだ屋根に上がる力が残っていたからどうかと思っていたが、来るのが遅かったか」

「床下で寝ているだけなんじゃ……」

「すごくやせ細っている。息をしているなら腹のあたりがかすかに動くはずだけど、それもない。だから、もう……」

峰吉は首を振りながら立ち上がった。板塀の穴の方へ向かって歩いていく。

「峰ちゃん、まさか帰るつもりなの？」

「かわいそうだとは思うよ。でも仕方がない。俺たちにできることは何もないんだ」

「そうだけど……」

倒れているのは、自分たちにとっては見知らぬ野良猫である。

だが菊次郎は違う。峰吉の考えを信じるなら、あれはかつて菊次郎がかわいがっていた猫なのだ。

「菊ちゃんにこの話をどう伝えればいいだろう……」

小さい声でつぶやきながら、参太も板塀の方へと歩き出した。

すでに峰吉は穴を通り抜けようと地面に這いつくばっている。その後ろに近づいた時、参太の足に何かが触った。

「うおっ」

思わず声を上げて跳びはねた。何か生き物らしきものが足もとをすり抜けたのだ。しかし見回しても、周りには何もいなかった。

「どうかしたの？」

峰吉が動きを止めて参太の方を向いた。

「生き物のようなものがいた気がしたんだよ。初めの時とは違って、今度は確かに足に触ったんだ。姿は見えないんだけどさ」

「ふうん」

峰吉は穴を通り抜けるのを止めて立ち上がり、参太と同じように周りを見回した。

「うん、何もいないね。そうなるとやはり、あの倒れているやつの仕業なのかな」

「きっとそうだと思う。あのさ……おいら、引き留められているような気がするんだよね。まさか、懐かれちゃったのかな」

　参太は顔をしかめた。かわいそうだとは思うが、気配だけの猫に付きまとわれても自分にはどうしようもない。

「まあ参ちゃんなら猫の幽霊に懐かれるってこともあり得るかな。だけど、必ずしもそうとは限らないよ。何か他に言いたいことがあるのかもしれない。例えば……」

　峰吉はそこまで言うと、人差し指を立てて口もとに当てた。聞き耳を立てている様子である。

　自分はまったく気づかなかったが、もしかしたら誰かが来たのかもしれない。空き家とはいえ、勝手に庭に入っているのが大人に見つかったら間違いなく叱られる。参太はそう考えて口を閉ざした。

　だが、そのまましばらく動かずに待っていても、板塀の向こう側の狭い横道を通る人は現れなかった。もちろん空き家の中も静かなままだ。

「峰ちゃん……誰も来ないみたいだよ」

「しっかりと耳を澄ましてごらんよ。たぶん参ちゃんにも分かると思うんだけど」

　参太は周りの音がよく聞こえるように耳の後ろに手を当てた。

　たまに少し離れたところで物音や声がするが、それは横道の先の、八百屋がある通りでしているもののようだ。峰吉が気にしているものとは違うだろう。他に物音や声は聞こえない。

参太は首をかしげた。すると峰吉は、口もとに当てていた人差し指を空き家の方に向けて、小声で言った。

「足音を立てずに、静かに近づくんだ。もちろん声も出しちゃ駄目だよ。そうすれば分かるはずだ」

参太は言われたように、抜き足差し足で、そっと空き家へと近づいた。雨風にさらされて朽ちかけている雨戸に顔を寄せて、家の中の物音を探る。

「……えっ?」

きっと中に誰かいて、その人が立てる物音に峰吉は気づいたのだろう、と参太は考えていた。だが、そうではなかった。中から聞こえてきたのは、かぼそい猫の鳴き声だった。

あの床下に倒れている猫が鳴いているのではないか、と初めは思った。しかしよく聞いてみると、音の出どころは明らかに雨戸の向こう側の、家の中だった。

「み、峰ちゃん、大変だ」

参太は大声でそう言いながら、後ろにいる峰吉を振り返った。

「猫の鳴き声が……あれ、聞こえなくなった」

「家のすぐそばでそんな大声を出すからだよ。人の気配がしたから黙ったんだ」

峰吉は呆れ顔で答えると、参太のそばに歩み寄ってきた。

「怖がっているってことかい」

「そうだね。鳴き声の様子からすると、まだ子猫だと思う。つまり……」

峰吉は腰を曲げて床下を覗き込んだ。

「……あそこに倒れているのは母猫なんだ。自分はもう駄目だけど、まだ子猫が残されているってことを教えようとして、参ちゃんの前に現れたんじゃないかな」

「そ、そうか……」

参太は雨戸に手をかけた。空き家の中に入って子猫を助け出そうと考えたのだ。

「ああ、参ちゃん。怖がっている子猫を捕まえるのって案外と大変だよ。手の届かない隙間《すきま》とかに入っちゃうかもしれない。俺たちでやるより、大人を呼んでくるべきだ。うまい具合に、ものすごく猫が好きな大人の知り合いがいるんだよ。ここから少し離れたところに住んでいるけど、捕まえた後のことを考えれば、その人に任せる方がいい」

峰吉はそう言うと、板塀の方へ歩き出した。

「そ、そうだね」

子猫のことは心配だが、峰吉の言うことはもっともだと思い、参太もそちらに向かった。

「……それにしても峰ちゃん、よく鳴き声が聞こえたね」

「俺は目だけじゃなくて、耳もいいんだよ。うちの店にふらふらと近づいてきた人をいち早く捕まえるためにね」

そう答えながら峰吉はすばやく板塀の穴をすり抜けた。確かにこの身軽さと、よく聞こえる耳があれば、皆塵堂に近づいてきた者を逃がすことはあるまい。

参太は感心したが、その一方で、今回もまた峰吉に幽霊を見せることはできなかったな、と残念にも思っていた。

だが諦《あきら》めるつもりはない。幽霊が出そうな場所にはまだ心当たりがあるし、峰吉も次は早めに、もう少しこころよく付き合ってくれるだろう。

板塀の穴を通り抜ける前に、参太は後ろを振り返って空き家の床下へと目を向けた。そして、子猫は必ず助けてやるからな、と心の中でつぶやいた。

第三章　ただの夢

参太は打ち水をするために、いつものように手桶と柄杓を持って通りに出ている。しかしその手は動いていない。感謝の念と不満な思いが入り交じった、何とも言えない心持ちで皆塵堂の作業場にいる峰吉を眺めているだけだ。

まず感謝の方だが、これは空き家にいた子猫のことである。床下にいた母猫はやはり手遅れだったが、子猫は峰吉の知り合いの「ものすごく猫が好きな大人」によって無事に捕まえられて、その人の住む長屋で育てられることになった。腹こそ空かせていたが、体に悪いところはないそうで、今は元気に動き回っているらしい。

おかげで菊次郎には、すべてを正直に話すことができた。母猫のことを聞いた時にはさすがに悲しそうな顔をしたが、子猫がいたと知ったら大喜びしていた。

この一件については、峰吉の、びっくりするくらいよく聞こえる耳がなければ子猫には気づけなかった。だから「ものすごく猫が好きな大人」に対してはもちろん、峰吉にも感謝している。

そして不満な思いの方だが、こちらは次の「幽霊が出そうな場所」へまだ峰吉を連れ出せていないことである。

菊次郎の夢の時に、すぐに動かなかったせいで、母猫の方は助けられなかった。だから今度は峰吉も早めに付き合ってくれるだろうと思っていたが、なかなかその暇が見つからなかったのだ。

「……まあ、古道具屋の仕事が忙しかったのだから仕方ないけどさ」

参太は、作業場に座っている峰吉から皆塵堂の店土間へと目を移した。

前は壁際に、女の幽霊が取り憑《つ》いている簞笥《たんす》が置かれていた。しかし今はそれが、別の簞笥に入れ替わっている。子猫がいた空き家から運んできた物だ。峰吉が空き家の持ち主に話をつけて、安く買い取ったのである。

峰吉は子猫を助けるために走り回りながら、しっかりと商売のことも考えていたのだ。八百屋の斜め前にあった潰れた店の持ち主も捜し出し、いらない古道具をいくつか引き取っている。このあたりの抜け目のなさは、さすがとしか言いようがない。

「……前にあった簞笥は、蔵かな」

いくら峰吉でも、幽霊が取り憑いている簞笥を客に売りはしないだろう。皆塵堂の裏にある蔵に押し込んだに違いない。参太としては一安心である。

「どうやら忙しさも落ち着いたようだから、そろそろ峰ちゃんを次の場所へ連れ出したいけど……」

参太は皆塵堂の奥の部屋へ目を向けた。床の間に猫の鮪助が丸くなっているだけで、伊平次の姿はない。

怠け者の店主も、この数日は空き家から古道具を運んできたり、それを店に並べたりと真面目に働いていた。あの伊平次でも仕事をすることがあるのか、と参太は少し驚いた。

だが今朝は、釣《つ》り竿《ざお》を持って出かける伊平次の姿を参太は目にしていた。つまりいつも通りの、店のことはすべて峰吉に任せて自分は魚釣りへ行ってしまう店主に戻ったのだ。

「……他に誰もいないのか。それなら峰ちゃんは店番で動けないな」

参太は皆塵堂から目を離し、通りをきょろきょろと見回した。鳴海屋の清左衛門がやってくるかもしれないと考えたからだ。しかし昼の八つ過ぎの裏通りはひっそりとしていて、清左衛門どころか、歩いている人の姿はまったく目に入らなかった。

「……今日も無理かなあ」

「それは場所によるかな」

「うわっ」

いきなり耳元で声がしたので参太はびっくりした。慌てて横を見ると、峰吉が何食わぬ顔で突っ立っていた。

「み、峰ちゃん。いつの間に来たんだよ」

つい先ほどまで皆塵堂の作業場にいたのに、信じられないほど素早い。

「もちろん今だよ。俺を連れ出したいとか何とか、参ちゃんがつぶやいている声が聞こえたからさ」

「……相変わらず耳がいいね。確かにそうつぶやいたよ。だけど、峰ちゃんは店番で外に出られないだろう」

「場所によっては平気かもしれないよ。参ちゃんが仕入れてきた次の『幽霊が出そうな場所』もやっぱり同じ手習に通っている友達から聞いたのかい」

その問いに参太は首を振った。

「いや、今度はうちのすぐ裏の長屋の話だよ」

参太は通りの少し先にある木戸口を見ながら答えた。裏長屋への入り口である。

「そこで幽霊を見たって人がいるんだ。まだおいらも詳しくは聞いていないんだけど」

「なんだ、すぐそこじゃないか。それなら今から行ってみよう」

「でも皆塵堂に誰もいなくなっちゃうよ」

「心配いらないさ」

峰吉は皆塵堂があるのとは反対の方を向いて、「喜六《きろく》さぁん」と大声を出した。それを聞いた参太はまた驚いて、「ええっ」と峰吉に負けないほどの大声を上げてしまった。

喜六というのは参太が世話になっている油屋の店主の名である。つまり参太の叔父だ。

皆塵堂のすぐ向かいにある店なのだから、峰吉が叔父を知っているのは当然だが、まさかここでその名が出てくるとは思わなかった。

「呼んだかい」

その喜六が店の奥から現れた。

「参ちゃんと裏の長屋に行くから、うちの店も見ていてほしいんだよね。それと、もし鳴海屋のご隠居様が来たら、おいらたちは長屋にいると伝えておいてよ」

峰吉が笑顔で告げた。申しわけなく感じている様子はまったくない。

「ああ、そうかい。参太をよろしくな」

喜六もにこにこしている。こちらも、どうして俺がそんなことを、などとは思っていないようだ。

「これは俺が片付けておくからな」

喜六は参太が足もとに置いていた手桶と柄杓を手に取り、店の中へと戻っていった。

「……ええと」

あまりにも驚いたせいで、参太は少しの間、ぼんやりとしてしまった。我に返ると、峰吉は少し離れたところに立っていた。裏長屋に続く木戸口の前だ。

「ちょっと峰ちゃん。うちの叔父さんに店番をさせるって、なんか、びっくりなんだけど」

参太は目を丸くしながら峰吉へと近づいた。

「別に驚くことはないよ。たまにお願いすることはあるんだ。参ちゃんが手習に行っている間のことだから知らないだろうけどね」

「そ、そうなんだ……」

通りを挟んで正面にある店だから、油屋の仕事をしながら皆塵堂のことも気にかけておくのは難しいことではない。

「……だけどうちの叔父さんに皆塵堂の店番ができるか心配だよ。お客が来た時に困るんじゃないかな。叔父さん、古道具の売り値なんて分からないだろうから」

「いや、そんなことないよ。下手したらうちの店主より分かっているんじゃないかな」

「い、伊平次さん……」

叔父よりもそちらの方が心配になった。

「さて、幽霊が出るという長屋を見物するか」

峰吉が木戸口を通り抜けた。もちろん参太も、すぐ後ろからついていった。

長屋には通りに面した表店と、その裏側に作られている裏店がある。出入りする木戸口が一つしかない裏店も多いが、ここは広い表通りと狭い裏通りに挟まれているので、二人が通ったのとは反対側に、もう一つ木戸口がある。

「向こうの表通りから、俺たちの店がある裏通りへ抜けるためによく通るけど、じっくりと見るのは初めてだな」

この裏店には、平屋の長屋が二棟ある。その間の狭い路地を歩きながら、峰吉は左右の建物をきょろきょろと見た。

「どちらも同じ大きさなのかと思ってたけど、違うみたいだ」

「さすが峰ちゃん、よく気づいたね。おいらはここの表店に住んでいるから知っているけど、路地を歩くだけじゃ分かりづらいはずだ。それぞれの部屋の間口が変わらないからね」

間口というのは家の幅のことだ。今の場合は長屋の一つの部屋の、戸口がある側の長さということになる。

「この路地の両側には、間口が九尺の部屋が五つずつ並んでいるんだ。でも右と左の長屋で奥行が違うんだよ」

奥行とは表から奥までの長さのこと。今の場合では、部屋の戸口から奥の壁までの長さである。

「こっちにあるのが間口九尺、奥行が三間の部屋だよ」

参太は路地の東側にある長屋を指差した。

つまり東の長屋にある部屋は、もし畳を敷いたとしたら全体で九畳の広さだ。ただし、そのうちの一畳半は、かまどや水瓶《みずがめ》などがある土間なので、そこを除くと七畳半の部屋ということになる。

九尺三間の大きさの部屋は、一人暮らしをするなら十分だろう。しかしそこに一家四人で暮らしている、なんてことも珍しくないので、必ずしも広いとは言い切れない。

「それから、こっちの長屋は間口が同じく九尺だけど、奥行は二間だよ」

参太は西側の長屋を指差した。こちらは土間を除くと四畳半の広さになる。

「ふうむ」

峰吉は何かを考えるように首をかしげたが、足は止めずに路地を通り抜けた。井戸や厠《かわや》があって少し広くなっている場所に出た。もうその先には表通り沿いに立つ店の裏口と、入ってきたのとは反対側の木戸口しかない。

「ええと、それで、この長屋で幽霊を見たっていう人が住んでいるのは……」

参太はそう言いながら足を止めた。当然、峰吉もこの場所で立ち止まるだろうと思ったからだ。ところが峰吉は、そのまますたすたと木戸口を抜けて、表通りへ出ていってしまった。

「ちょっと峰ちゃん、どこ行くの」

木戸口から覗くと、峰吉は通りに突っ立って、この長屋の表店を眺めていた。

「いつも思うんだけど、こっち側にある店は立派だよね。参ちゃんの家がある方とは大違いだ」

「そんな当たり前のことに感心しないでよ」

参太が世話になっている油屋は裏通りに面した、近所の人たちを相手にする小商いの店だ。多くの人が行き交う表通り沿いに並んでいる店と比べられても困る。

「何人もの奉公人を抱えた大店《おおだな》だからね。当然、造りも立派なものになるよ」

参太は口を尖《とが》らせた。

「ああ、ごめん。別に参ちゃんのところを悪く言ったわけじゃないんだ。うちの皆塵堂なんか、もっとみすぼらしいしね」

峰吉は申しわけなさそうに言うと、再び木戸口を通って参太のそばに戻ってきた。

そこであらためて二棟並んでいる裏店の建物を眺める。こちら側から見ると、右側が九尺三間の部屋、左側が九尺二間の部屋がある長屋ということになる。

「なるほど、東の方は割《わり》長屋で、右の方は棟割《むねわり》長屋なのか」

峰吉がつぶやいた。

割長屋というのは、建物を横に仕切っただけの造りのものをいう。路地にある側が表の出入り口で、反対側にも裏口や窓が付いている。路地の側に戸口が五つ並んでいるが、それはそのまま部屋が五つあるということだ。

一方、棟割長屋は、建物を横に仕切るだけでなく、棟、つまり屋根の一番高いところで縦にも仕切られている。つまり裏側にも同じ広さの部屋があるのだ。だからそれぞれの部屋に裏口や窓はない。戸口がある側以外の三方は壁である。

「……と、いうことは、こっちにも戸口があるのか」

峰吉は左の方へ歩いていくと、路地とは反対側の、建物の裏を覗き込んだ。

「ふむ。裏にも戸口が五つ並んでいる。全部で部屋が十あるわけか。だけど……こっちの部屋は出入りが大変だな。いくらなんでも幅が狭すぎる」

「そうなんだよね」

参太はうなずいた。戸口を開けるとすぐ目の前が板塀なのである。建物と板塀との間は二尺ほどしかない。もし向こうから誰か来たら、すれ違うこともできない。

「皆塵堂を出て一人暮らしをすることになったとしても、こっちの棟割長屋に住むのは御免だな」

峰吉は顔をしかめた。

「路地に面している側の部屋ならいいんじゃないの」

「いや、裏側ほどじゃないけど、路地だって狭いよ。それとは別に気になるところがあるし」

峰吉は路地の方へ戻ると下を指差した。

「どぶのある場所が、かたよってるんだ」

「ああ、それはおいらも気になってた」

どこの長屋の路地にも、井戸やそれぞれの部屋から水を流すためのどぶが通されている。それはたいてい路地の真ん中にあるものだが、この長屋では西の棟割長屋のすぐ横を通っているのだ。

「どぶ板が上に渡してあるけどさ、もしこの板が古くなって傷んだりしたら大変だよ。目が覚めて、『ああ、さわやかな朝だなあ』とか言いながら戸口を出た途端、板を踏み抜いてどぶに落ちるかもしれない」

「峰ちゃん、それは考えすぎだよ」

参太は呆れた。

「どぶに落ちることはないとしても、こちら側の部屋に住むのは嫌だな」

峰吉は西側にある九尺二間の棟割長屋を離れ、今度は九尺三間の部屋が並ぶ、東側の割長屋の裏側を覗きに行った。

「ああ、こっちの裏は十分に人がすれ違える広さの路地だ。鉢植えを置くくらいの余裕まである。もしこの裏店に住むことになったとしたら、こちらの割長屋がいいな」

「その分、店賃《たなちん》は高くなるけどね」

「まあね」

峰吉は笑いながら参太の近くに戻ってきた。

「俺たちは今、井戸や厠がある場所にいる。ここを挟んで裏店の建物が二棟と、表通り沿いに立つ表店があるけど、幽霊が出たのは、このうちのどこかだろうな。参ちゃんが落ち着いているから、裏通り側の店は考えなくてよさそうだ。もし自分の住んでいる場所のすぐそばだったら、もっと怖がっているはずだから」

「いや、これでもかなり薄気味悪く感じているんだけどね。でも場所は峰ちゃんの言う通りで合っている。幽霊が出たのはあそこみたいだよ」

参太は腕を上げ、その場所を指差した。

「……ふうん。幽霊が出たのは西の棟割長屋の裏店なのか。住んでいる人は嫌だろうな。ただでさえ狭いのに」

参太が指し示した場所を見た峰吉は、そう言って顔をしかめた。

「どうせ出るなら、表通り沿いにある広い表店にするべきだ。その方が幽霊だってのびのびできるはずなのに、まったく何を考えているんだか」

「峰ちゃん、幽霊に文句を言っても仕方ないと思うよ」

だが峰吉がそう言いたくなるのも分からなくはない、と思いながら参太は振り返り、表店の裏口を眺めた。

この長屋の表店は、木戸口を挟んで左右に一軒ずつしかない。反対側の裏通り沿いの方は、同じ幅で左右に二軒ずつある。つまり表通り沿いにあるのは、参太が世話になっている油屋の倍の広さの店なのだ。まったくうらやましい話である。

しかしそれでも幽霊が出たら気の毒かな、と考えながら参太は峰吉へと目を移した。

「あれ？」

参太はすぐにまた表店の裏口へと目を戻した。妙なところはない。

「どうかしたの？」

峰吉が不思議そうな顔をした。

「あそこに人がいたような気がしたんだ。もう一度見たら誰もいなかったけど」

参太は裏口の前のあたりを指差した。峰吉の方へ顔を動かした時に、そこに立つ男の姿が目の端に見えたのだ。

「ふうむ。あそこは太物屋《ふとものや》さんの裏口だね」

絹で織られた布を売っている店のことを呉服屋というが、これに対し、綿や麻で織られた布を扱っている店は太物屋という。

「あの太物屋さんは、近頃あまり店がうまくいってないって話は聞くけど、幽霊が出るって噂は知らないなあ。でも、その手のものを見る力がある参ちゃんが言うんだから、幽霊なんだろうな」

「そんな力、おいらは持ってないよ」

参太は目に力を入れて太物屋の裏口をにらんだ。間違いなく、そこには誰もいない。やはりただの気のせいだったのだ。

「ふうん。でも念のために、どんな人だったのか聞いておこうかな」

「どんなって言われても困るよ。しっかりと見たわけじゃないんだ」

「年は？」

「うちの叔父さんと同じくらいだから四十ってあたりかな」

「仕事は何をしていそうな人だった？」

「仕立てのいい着物だったから、多分、どこかのお店の旦那さんか何かだと思う」

「参ちゃん……ちゃんと見てるじゃないか」

「いや、間違いなく気のせいだから」

参太はぶるぶると首を振った。

「さっき言ったように、幽霊が出たのは裏店の方なんだ。錺師《かざりし》の杉蔵《すぎぞう》さんって人が住んでいる部屋で……」

錺師とは、かんざしや簞笥の金具などの金物を細工する職人のことである。

「ああ、杉蔵さんか。だったら路地側にある部屋だな。手前から二つ目の部屋だ」

「峰ちゃん、杉蔵さんを知ってるの？」

「そりゃご近所さんだからね。うちの店で古道具を買ってくれたこともあるし」

「ふうん、そうなのか」

それなら話が早い。

「……とにかく、幽霊が出たのは杉蔵さんの部屋なんだ。まだおいらも詳しい話までは知らないから、今から聞きに行こうよ」

参太はそう言って歩き出したが、すぐに峰吉に呼び止められた。

「参ちゃん、ちょっと待った。杉蔵さんなら今、部屋にいないよ」

「どうしてさ。錺師は居職《いじょく》なんだから、いるはずだろう」

居職とは自分の家でする仕事のことである。それと違い、大工や左官のように外に出かけて働く仕事は出職《でしょく》という。

「だけど、ずっと部屋に籠《こ》もっているわけじゃないから。実はさ、参ちゃんが手習から帰ってくる少し前に、荷物を背負った杉蔵さんがうちの店の前を通るのを見たんだ」

「そうなんだ……」

参太は肩を落とした。荷物を背負っていたということは、たぶん杉蔵は、作り終えた品物を注文先に届けに行ったのだろう。すぐに戻ってくればいいが、その後に「大人の付き合い」みたいなのがあって、帰りが遅くなるかもしれない。

「……それなら今日は、杉蔵さんから話を聞くのは諦めるべきかな」

残念だが仕方あるまい。店番を抜け出してここに来ている峰吉を長く引き留めるわけにはいかない。

「明日また出直すことにして……」

参太はそこまで言いかけたところで、はっと息を呑《の》んだ。長屋の狭い路地に目が釘付けになる。

建物の陰からぬっと突き出ている老人の顔が目に入ったからだった。

参太はびっくりしたせいで、すぐに言葉が出てこなかった。

「お……お……」

老人はどうやら、割長屋の部屋の戸口の一つから顔を出しているらしい。参太たちから見ると、いちばん手前の部屋だ。

「お……お……」

老人の筋張った腕が上がった。参太たちに向けて、ゆっくりと手招きを始める。

「お……お……大家さん、こんにちは」

参太はようやく言葉を吐き出すことができた。顔を出していたのは、参太が世話になっているこの長屋の大家の利兵衛《りへえ》だった。

「うむ、こんにちは。参太と、それから峰吉もな」

利兵衛は皆塵堂がある方の長屋の大家ではないが、近所なので、峰吉のことも知っているようだ。

「お前たちね、表の声は案外と家の中にまで聞こえるものなんだよ。あまり大声でしゃべってはいかん」

「は、はい。気を付けます」

参太は首をすくめた。

「うむ。まあそれはともかく、お前たちは杉蔵さんが見た幽霊の話を聞きにきたんだろう。代わりにわしが教えてやるから、うちに入りなさい」

利兵衛はそう言うと、また二人に向かって手招きをした。

「大家さん、知っているんですか」

参太が尋ねると、利兵衛は自慢げに笑いながらうなずいた。

「うむ。わしはこの長屋の大家だからね。ここで起こることは、たいてい耳に入る。しかしもちろん、それをむやみやたらと他の者に話すことはしないよ。ましてやお前たちのような子供にはね。ただ今回は……」

利兵衛は真顔になり、峰吉へと目を向けてから部屋の中に頭を引っ込めた。

「ああ、そういえば今日、利兵衛さんは何度もうちの前を通ったな。たまに店の中を覗いたりして」

峰吉は合点がいったというようにうなずいた。

「品物を買うわけでもなさそうだから、声をかけずに放っておいた。なるほど、そういう用があってうろうろしていたのか」

「長屋に幽霊が出たから、伊平次さんに相談しようと思ったってことだね」

参太もうなずいた。皆塵堂はあの簞笥のように、たまに幽霊が取り憑いている品物が紛れ込んでくる古道具屋だ。その手の話を相談する相手としては悪くない。

「うん、そうだろうな。だけどいつまで経っても帰ってこないから、利兵衛さんは仕方なく俺で手を打つことにしたみたいだ。ちょうどよかった」

峰吉は嬉しそうに言うと、すたすたと利兵衛の部屋に入っていった。

少し遅れて参太も利兵衛の部屋の前に立った。戸口から覗くと、峰吉はもう上がり口に腰を下ろしていた。

部屋を見回す。九尺三間の広さの部屋は、襖で仕切られて二つに分けられていた。戸口側が四畳半、奥が三畳ほどの広さだ。布団や簞笥、その他の身の回りの道具などは奥の部屋に押し込まれているので、手前の部屋はすっきりしている。

大家といっても長屋の持ち主は別にいて、利兵衛はその人に雇われているだけだ。それでも実入りは十分にあるだろうが、暮らしぶりは質素なように見える。

「ばあさんは今、出かけているからね。わししかいないから遠慮はいらないよ」

利兵衛は奥の部屋が見えないように襖を閉めながら言った。

「お邪魔します」

参太は戸口をくぐって峰吉の横に腰を下ろした。

「ええと、杉蔵さんが見た幽霊の話だったね」

利兵衛は部屋の真ん中あたりに座った。

「正直、さほど面白い話ではないよ。杉蔵さんは幽霊だと言い張っているが、わしはそれを、ただの夢だと思っているんだ」

「は、はあ……夢ですか」

参太は横目で峰吉を見た。案の定、つまらなそうな顔付きになっていた。

「うむ。杉蔵さんが住んでいる棟割長屋の部屋は九尺二間、つまり今わしたちがいる、この部屋と同じ広さだ。そこの襖は、杉蔵さんの部屋では壁になるというわけだな」

利兵衛は体をひねり、自分の後ろにある襖を指差した。

「杉蔵さんは部屋で錺師の仕事をしているが、夜は仕事道具をわきに片付け、部屋の真ん中に布団を敷いて寝ている。ちょうどわしが座っている場所だと考えてくれ。そうして眠っていたある晩……いや、ほぼ明け方だったようだが、その壁の向こうで足音がして目覚めたそうなんだよ。だけどね、そちら側にある部屋は今、空いているんだ」

「……誰も住んでいない部屋から足音が聞こえてきたわけですね」

参太は、利兵衛が話しやすいように適当にあいづちを打つことにした。菊次郎の時と同じだ。

「うむ、その通りだ。だけどね、他の部屋の足音が耳に届いた、ということもあり得る話だろう」

「あ、ああ……そうかもしれませんね」

参太はうなずいた。杉蔵が住んでいるのは棟割長屋だ。左右だけでなく、同じ作りの部屋が裏側にもある。斜め後ろの部屋まで考えると、周りに五つも部屋があることになるのだ。

杉蔵は戸口の反対側の壁の向こう、裏の部屋からの足音を聞いたという。そこには今、人は住んでいない。しかし利兵衛の言うように他の部屋でした音が聞こえてきたというのは十分に考えられる話だ。

「……ここの長屋は壁が薄そうだからね」

峰吉がぼそっとつぶやいた。

「み、峰ちゃん……」

それは参太も思ったことだが、長屋の大家である利兵衛が相手なので言わなかったのだ。

「う、うむ……」

利兵衛は苦い顔で峰吉を睨《にら》んだ。

これで気を悪くして話をやめなければいいが、と参太は心配したが、さすがに利兵衛はそんな子供じみたことはしなかった。すぐにもとの顔付きに戻り、続きを話し始めた。

「……わしだけじゃなく、杉蔵さんも同じように考えたみたいだな。気に留めることなく、再び眠りについたそうだ」

利兵衛はそう言うと、床にごろんと寝転がった。杉蔵の動きを真似《まね》してくれているらしい。親切な大家である。

「その日は、それで終わった。しかしその翌日の晩……いや、やはり明け方頃だったが、また足音がして杉蔵さんは目を覚ましたんだ。しかしその日もあまり気にはしないで、再び目を閉じ、うつらうつらし始めたそうだ」

利兵衛は目をつぶった。

「ところが前の日と違って、それだけでは終わらなかった。足音がね、杉蔵さんの部屋に入ってきたんだよ」

「は、はあ。ええと、その時もやはり、裏の、空いている部屋から足音が聞こえてきたのでしょうか」

参太は念のために尋ねた。

「うむ、その通りだよ」

「その足音が杉蔵さんの部屋に入ってきた。それはつまり……壁を通り抜けたということでしょうか」

「そういうことだ。だがそれでも杉蔵さんは目を開けず、うつらうつらし続けた。夢を見ていたって言ってたよ。子供の頃の夢だ。もっと広い家に両親と祖父母、そして五人の兄弟たちと一緒に住んでいたそうなんだ。その頃の夢を見ていたせいか、足音が耳に入っても、隣の部屋で寝ているじいさんが小便に行ったのだろう、としか思わなかったらしい」

利兵衛は床に寝転がったまま腕を持ち上げ、自分の部屋の襖を指差した。

「杉蔵さんの部屋では、そこは壁になるわけだが、足音はそこを通り抜けてきた。そして寝ている杉蔵さんのすぐ横を通り……」

言葉とともに利兵衛の指が部屋を横切っていく。

「……ちょうど今、お前たちが座っているあたりまで行った。そこで足音はいったん止まり、襖か障子か、とにかく戸を閉める音がしたそうだ。それからまた足音は歩き出し、右側にある壁の向こうへと消えていった」

言葉通りに利兵衛の指は参太たちがいるあたりで曲がり、横の壁へと動いていった。

「杉蔵さんはそこでようやく目を開けた。そして、自分がいるのは子供の頃に住んでいた家ではなく、一人暮らしをしているこの深川の長屋だと気づいた。それで慌てて体を起こし、部屋の中を見回したんだ」

利兵衛も横たえていた体を起こした。

「しかし、部屋にはどこもおかしなところはない。だからその日も、まったく気にはしなかった。子供の頃の夢を見たなあ、で終わりだ。ところがさらにその次の日、やはり明け方近くのことだが、寝ている杉蔵さんの耳に、また足音が聞こえてきた。音の出所は壁の向こう側だ。そして前の日と同じように、足音は壁を通り抜けて杉蔵さんの部屋へと入ってきた」

「その時も杉蔵さんは気にせずに、目を閉じたままだったのでしょうか」

参太が尋ねると、利兵衛は小さくうなずいた。

「うむ、途中まではね。夢を見ながらうつらうつらしていた。しかし、足音が自分のそばを通って、お前たちがいるあたりまで進んだところで目を覚ましたそうだ。そして、驚くべきものを見た。なんとそこに……」

利兵衛は再び腕を持ち上げ、参太たちの方を指差した。

「……戸があったそうだ」

「はあ？」

そこに幽霊がいたんだ、と言われるに違いないと身構えていた参太は、利兵衛の口から出た思わぬ言葉に、気の抜けたような声を出してしまった。

「ええと……戸でございますか」

「そう、戸だ。腰高障子があったと杉蔵さんは言うんだよ。ちょうど今、お前たちが座っているところに」

腰高障子というのは、下半分に板が張られた障子戸のことだ。どこの裏店でも出入り口の戸はたいていこの腰高障子である。

「杉蔵さんの部屋の出入り口も腰高障子だけど……それとは別の戸があったってことでしょうか」

参太が尋ねると、利兵衛は大きくうなずいた。

「そういうことだ。土間をはさんだ手前側に戸があったらしい。杉蔵さんが目を開けるのと同時に、それが閉まったそうなんだ。それから戸の向こうで足音がした。それは前の日のように右側の壁を通り抜けて隣の部屋へと行き、やがて聞こえなくなった」

「それで、いきなり現れた戸はどうしたのでしょうか」

「足音が小さくなるのと合わせるように少しずつ薄くなっていき、やがて消えたそうだよ」

「へえ……」

ここは杉蔵の部屋ではないが、参太は首を動かして、自分が座っている床と、その上の天井を何度も見てしまった。

利兵衛はそんな参太の様子を面白そうに眺めてから、また口を開いた。

「つまり杉蔵さんはその時、足音の主の姿は見ていないわけだ。だがね、別の者がそれを目にしてしまったんだよ」

「どなたでしょうか」

「大工の久助《きゅうすけ》さんだ。参太はもちろん知っているだろう」

「は、はい」

杉蔵の部屋の右隣に住んでいる人である。足音が去っていった部屋だ。

「実はね、久助さんの部屋でも足音がしていたんだよ。杉蔵さんの部屋の方から聞こえてきて、久助さんの部屋の土間を通り、反対側の壁の向こうへと通り抜けていた」

「はあ、なるほど。それなら久助さんも足音に気づいていたわけですね」

参太の問いに利兵衛はうなずいた。

「うむ、もちろんだよ。しかし久助さんは、それが自分の部屋の中の音だとは思っていなかった。長屋の誰かが厠に行くために表の路地を歩いているだけだと考えて、そのまま目をつぶって寝ていたらしい。しかし三日目のその日は、ふと目を開けたそうなんだ。すると、何食わぬ顔で自分の部屋の土間を横切って、壁の向こうへ消えていく人の姿が目に入ったんだ。男だったそうだよ。年は久助さんよりも十ほど上に見えたと言っていた」

久助の年は三十くらいである。それより十くらい上なら、足音の主は四十といったあたりだろうか。

「それと、きちんとした身なりの男だったとも言っていた。わしが思うに、どこかの店の番頭さんだろうな」

「へえ、番頭さんですか」

商家で働いている奉公人は、勤めた年数や役目の重さによって身分が変わる。番頭というのはその一つだ。

働き始めたばかりの子供のことは、小僧、あるいは丁稚《でっち》という。それが数年勤めると、手代になる。そこからさらに長く働いた、奉公人の中でいちばん上の身分が番頭だ。店によって違うが、番頭になれる年齢はだいたい三十前後である。

「なるほど、足音の主は四十くらいの、きちんとした身なりの男か……えっ」

参太は大声を上げた。心当たりがあったからだ。自分はその男を太物屋の裏口のあたりで見ている。

久助の部屋は長屋の端で、男が通り抜けていった壁の向こうは井戸や厠などがある場所だ。そしてさらにその先は太物屋の裏口である。

まさか、と思いながら参太は横目で峰吉を見た。

峰吉も参太の方を見ていた。そして目が合うと、うなずきながらにやりと笑った。どうやら峰吉も自分と同じことを考えていたようだ。参太は顔をしかめながら利兵衛へと目を戻した。

「すみません、大家さん。急に大声を出してしまって。話の続きをお願いします」

「その日、杉蔵さんと久助さんは二人でわしの部屋へ押しかけてきた。そしてこれまでのことを話して、『幽霊が出る部屋なんか出ていってやる。それが嫌なら店賃を下げろ』と迫ったんだよ」

「はあ……それで、大家さんは何と答えたのでしょうか」

「お前たちが見たのはただの夢だ、と言ってやったよ。なぜなら二人が住んでいる九尺二間の棟割長屋では、これまでに亡くなった人がいないからだ。幽霊なんか出るはずがないんだよ」

参太は首をかしげた。利兵衛の言葉に嘘がないなら、確かに杉蔵や久助が幽霊を見たのは妙だということになる。

足音の主は、おそらく杉蔵が住む部屋の裏側の部屋に現れている。しかし、そこはもちろん、長屋全体でもこれまでに亡くなった人はいないという。

「大家さん……それは本当なのですか」

「西側の長屋で亡くなった人はいない、ということなら、もちろん本当だ。わしは嘘など言わんよ。こちらの東側にある長屋は、わしみたいな年寄りも住んでいるから、長い年月の間には病などで亡くなった人もいる。しかしあちらの九尺二間の方の長屋は、住むのは若い人が多いんだ。だからなのか、幸いにして誰も死んでいない」

「そうなんですね。それで、大家さんにそう言われた杉蔵さんたちは、どうしたのでしょうか」

「その時はすごすごと引き上げたよ。だけどね、やはり毎晩、足音がするそうなんだ。数日の間は、仕方なく布団をかぶってやり過ごしていたらしいが、どうしても我慢ができなくなったみたいでね。昨日、また二人が押しかけてきたんだ。さすがにわしも困ってしまってね。それで、皆塵堂さんに相談しようと思っていたんだが……」

伊平次が魚釣りに行ったままなかなか帰ってこないので、諦めて峰吉に話した、ということらしい。

「お前は、その手のことに詳しい皆塵堂の小僧だろう。何か気づいたりしたことはあったかね」

利兵衛は峰吉へと顔を向けた。

「うん、いくつか気づいたことがあるよ」

峰吉は笑いながらそう答えた。

自分のところの大家ではないし、店の客でもないからか、峰吉の利兵衛への口の利き方は参太のように丁寧ではない。

「まず一つ目は、利兵衛さんは杉蔵さんたちに嘘は言ってないけど、本当のことも伝えていないってことだね」

「ほほう。どういうことかな」

「ここには九尺三間の部屋の長屋と、九尺二間の部屋の長屋、東西に二棟が並んでいる。だけど西の方は棟割長屋だから建物自体の幅は四間で、割長屋である東の方より大きい。で、建物の周りを見ると、東の方は裏の板塀との間に余裕があるのに、西の方はものすごく狭いんだ。それに、どぶも西の長屋の方に寄っている。そういうことから考えると、元々は二棟とも九尺三間の割長屋だったと思うんだ。それを片方だけ建て替えた」

「それで？」

「今の棟割長屋になってからは、利兵衛さんの言うように誰もそこでは亡くなっていない。だけど建て替える前には、少なくとも一人は亡くなった人がいたと思うんだよね」

峰吉が言っているのは幽霊として出てきた男のことだろうと参太は思った。

「ううむ」

利兵衛はうなっただけで、合っているとも間違っているとも言わなかった。

「それから気づいたことの二つ目だけど、利兵衛さんは幽霊の男に心当たりがあるみたいだ。さっき話している時に、『わしが思うに、どこかの番頭さんだろうな』と言い切っていた。きっとそんな人が前に建っていた長屋で亡くなっているのだと思う。だけど杉蔵さんたちには『ただの夢だ』と伝えている。これは多分、店賃を安くするのが嫌だからだろうね」

「ふふふ」

そこまで聞いたところで、利兵衛は笑い声を漏らした。

「なかなか頭の働く小僧さんだな。感心したよ。うむ、峰吉の言う通りだ。しかしね、店賃を安くするのが嫌、というのは少し違う。大家といってもわしは長屋の持ち主に雇われているだけだし、そもそもうちは他と比べてかなり安いんだ。今より下げるのは無理なんだよ。だから困ってしまってね。どうにかして本当に『ただの夢』だったということにできないものか、と皆塵堂さんに相談しようと考えたんだ」

「なるほどね……」

峰吉は腕を組み、首をかしげて考え込む仕草をした。

「幽霊のことをうちの店に相談するのはいいよ。だけど、それをただの夢だということにするのは……ううん、難しいな。あのさ、利兵衛さん。もう一つ気づいたことがあるから、それを先に言うよ。多分、出てきた幽霊は、かつて表店の太物屋さんに勤めていた通い番頭さんだと思う。そういう人が昔、長屋で亡くなっているんじゃないかな」

奉公人はみな店に住み込んで働いているが、長く番頭を務めると、外に自分の家を持ち、そこから店に通うことが許される場合もある。それが通い番頭だ。たいていは店のすぐ裏の長屋などの近所に住む。

「う、うむ。通い番頭だというのはともかく、それが太物屋の勤め人だとよく分かったな」

「まあね」

峰吉は参太を横目で見ながら言った。

「利兵衛さん、その人のことを詳しく教えてほしいんだけど」

今度は利兵衛の方が腕を組んで、考え込むような顔つきになった。

「ううむ。ここから先は皆塵堂の伊平次さんには話すつもりはあったが、お前たちにまで言う気はなかった。こういう相談事を持ちかけられた、と伊平次さんに伝えてもらおうと思って呼んだんだ。だが、そこまで分かっているのなら、最後まで話そうじゃないか。ただし、わしから聞いたことをむやみやたらと他の人にしゃべってはいかんぞ」

「もちろんだよ」

峰吉がうなずいた。

「分かりました」

参太もすぐに、そう返事をした。

「うむ。それでは話すよ。まずは幽霊の男のことだ。これは峰吉が言ったように、表店の太物屋の通い番頭さんだった、茂平《もへい》さんという人で間違いないと思う。亡くなったのは今から十二、三年ほど前だ。とにかく真面目な人でね。通いが許されても、太物屋のすぐ裏にあるこの長屋に住み、朝早く店に行き、夜遅くに部屋に帰るという暮らしをしていた」

「寝る場所がちょっと動いただけだね」

峰吉が言うと、利兵衛は「そうなんだよ」とうなずいてから、小さくため息をついた。

「繰り返すようだが、茂平さんは本当に真面目で、いつでも店のことを考えているような人だった。しかし、それが災いしたんだ。ある朝、店に出てこないので手代が見に行くと、茂平さんは布団の中で冷たくなっていた。その数日前から、胸のあたりが痛むことがある、と周りに漏らしていたようだが、それでも無理して変わらぬ暮らしを続けていたんだ。まあ、働きすぎたんだと思うよ。かわいそうに」

利兵衛はまたため息をついた。

「……それからこれも峰吉が言った通りだが、その頃ここは二棟とも九尺三間の割長屋だった。しかし片方の長屋で、茂平さんの他に何人か続けて亡くなったので、長屋の持ち主がそちらだけ建て替えることにしたんだよ。茂平さん以外は年寄りばかりだったし、たちの悪い風邪が流行《はや》っていたから、そこまで気にすることはないのだが、縁起が悪いということでね」

「なるほど」

参太はうなずいた。十二、三年も前なら自分や峰吉はもちろん、杉蔵や久助も知らないわけである。

「茂平さんが住んでいたのは、今だとちょうど杉蔵さんの部屋のあたりということになるのでしょうか」

「うむ、そうだね。茂平さんがいた頃は九尺三間だから、広さはこの部屋と同じだ」

多分、茂平は部屋の奥の方に布団を敷いて寝ていたのだろう、と参太は思った。今ならそこは杉蔵の部屋の、戸口の反対側にある壁の向こう側になる。

そして杉蔵の部屋の土間からの上がり口あたりには、茂平の部屋の戸口があったはずだ。

「……つまり茂平さんの幽霊は、自分が住んでいた頃と同じように動いているってことですね」

「ああ、その通りだ。わしは杉蔵さんから話を聞いた時、茂平さんの幽霊よりも、ありもしない腰高障子が現れたことの方が不思議だった。しかしね、茂平さんが住んでいるのは昔の部屋なんだから、そこに戸があるのは当然なのかもしれない。見えるか、見えないかの違いだけだ。まあ、そんなことを考えるのは無駄なことかな。幽霊の理屈なんて、生きている者には知る由《よし》もないからな」

「うん、そうだね」

峰吉がうなずいた。

「ないはずの戸が現れたのは確かに不思議だけど、利兵衛さんの言うように、それについて考えるのは無駄だろうね」

峰吉は笑った。

「それより大事なのは、どうして今頃になって茂平さんの幽霊が現れたのか、だよ。十二、三年の間、まったく出てこなかったわけだからさ。何かあるはずだ。利兵衛さんに心当たりはないの？」

「うむ、あるよ。それこそが二人に口止めしたいことなんだ。よその店の話だからね。実を言うと、太物屋さんは今、ごたごたしているんだよ。一年前に代替わりして娘婿《むすめむこ》が店を継いだんだが、うまくいっていなくてね。その婿さんってのは、茂平さんがいた頃は手代をしていた。番頭だった茂平さんが、そいつを一人前のお店者に育て上げたんだよ。だから有能な男なのは間違いないんだが……」

利兵衛はしかめっ面になった。

「……先代の旦那は店を継がせた後もしばらくは様子を見ていたんだが、すべてを任せることにして、おかみさんと一緒にのどかな場所に引っ越したんだ。ところが二人がいなくなった途端、娘婿のたがが外れたのか、夜遅くまで遊び歩いている、なんて噂が耳に入るようになった」

「なるほど、そうすると茂平さんの幽霊は、太物屋の今の旦那を叱り飛ばすために出てきたのか。だけど、まだそれができていないみたいだな。それどころか、店に入れてすらいない気がする」

「峰吉、それはどういうことだね」

「ああ、さすがに利兵衛さんも、そこまでは分からないか。仕方ない、ちょっと太物屋を覗いてくるよ」

峰吉はそう言うと立ち上がり、素早い動きで利兵衛の部屋を出ていった。

「……ええと、茂平さんが今の旦那を叱り飛ばそうとしている、というのは分かるよ。わしもその通りだと思う。しかし店に入れていないというのはどういうことだろうな」

峰吉が出ていった後の戸口をぼんやりと眺めながら利兵衛が言った。

参太は、自分が太物屋の裏口で見た男のことを話すべきか迷った。利兵衛は信じてくれないかもしれない。反対にあっさり信じたとしても、それはそれで嫌だ。

自分も幽霊を見ていることを利兵衛に告げるべきか参太が悩んでいると、峰吉が部屋に戻ってきた。

「峰ちゃん、随分《ずいぶん》と早かったね」

「うん。太物屋の裏口を開けて『皆塵堂ですけど売りたい古道具はありませんかぁ』って怒鳴ったんだよ。そうしたら機嫌の悪そうな顔をした手代さんが現れて、『そんな物はない』って、つまみ出されちゃったんだ。店がうまくいってないと奉公人も荒々しくなるね。もう少し丁寧に扱ってほしかったよ、まったく」

口では文句を言っているが、峰吉は楽しそうに笑っている。

「峰ちゃんは、なんか機嫌がいいね」

「なぜ茂平さんが店に入れないか分かったからね。裏口のそばに神棚が祀《まつ》られていて、そこに御札があったんだ。多分、そいつが邪魔しているんだと思う。御札は三つもあったよ。魔除けに火難除け、それから商売繁盛の御札だ。最後のはたいてい帳場にあるんだけど、あの太物屋さんでは裏口にまとめているようだね。まあ、ちゃんと祀られてさえいれば、場所はどこでもいいんだろうけど」

「ふうん。どうしたらいいだろうね。勝手に取り払うわけにはいかないし」

峰吉をつまみ出した手代に見つかったら、泣くほど怒られそうだ。

「うん、それについては考えがある。ちょっと待ってて」

峰吉は再び外に出て、先ほどとは反対の方に走り去った。

「忙しい小僧だな」

利兵衛がぼそりとつぶやいた。

まったくだ、と参太は思った。いつもは皆塵堂の作業場に座ったままなのに、いざ動くとなると本当にせわしなく走り回る。

感心していると、またすぐに峰吉が戻ってきた。

「お待たせ。うちの店で売っている御札を取ってきたんだ」

峰吉は手にした三枚の御札を前に出した。

「これと入れ替えようと思うんだよ」

「ちょ、ちょっと峰ちゃん。それは駄目じゃないのかな。茂平さんの幽霊は、御札があるせいで太物屋さんに入れないと考えているわけだろう。それなら違う御札と取り替えたとしても、同じことになると思うんだけど」

「そんな心配はいらないよ」

峰吉は笑った。

「うちで売っている御札が効くはずないからね。ええと、これは火事場で拾ってきた火難除けの御札だ。それからこっちが、潰れた商家から持ってきた商売繁盛の御札。で、これはどこで手に入れたのか忘れるくらい長く売れ残っている魔除けの御札だよ。ずっとうちにあるんだから、効かないのは間違いない」

「そ、そうだね」

簞笥のそばにたたずむ女など、参太は皆塵堂で何度か幽霊を見ている。だからそこに置かれていた御札に効き目などあるはずがないことは、峰吉よりもよく知っている。

「……幽霊ももちろんだけど、そんな御札を平気で店に並べている皆塵堂が怖いよ」

「参ちゃん、なに言ってるんだ。どんな道具にも使い道というものはあるものなんだよ。ほら、今まさにこの効かない御札が役に立とうとしているところじゃないか」

「う、うん……よかったね。それで、どうやって御札を入れ替えるつもりなのかな。あの太物屋さんは奉公人が何人もいるから、裏口でごそごそしていたら必ず見つかるよ」

「それもちゃんと考えているよ」

峰吉は胸を張って答えると、利兵衛へと目を向けた。

「あのさ、今から太物屋さんへ乗り込んでほしいんだよね」

「わ、わしが？」

利兵衛は目を丸くしながら自分を指差した。

「うん、そうだよ。利兵衛さんだって、あの店がごたごたするのは困るはずだ。潰れちゃったら店賃が取れなくなる。大家なんだから、そうならないように一肌脱がなきゃ」

「し、しかし、店に乗り込むというのは……」

「ああ、言い方が悪かったかな。表の方から客として訪れてほしいんだ。それに、利兵衛さんはいるだけでいいよ。さっき皆塵堂に戻ったら、鳴海屋のご隠居様が店番をしていたんだ。こっちに来るようにお願いしたから、もうすぐ顔を出すんじゃないかな。そうしたら利兵衛さんは、ご隠居様の案内役として一緒に行ってもらいたいんだよ」

「な、鳴海屋のご隠居だって」

利兵衛は口をあんぐりと開けたまま動かなくなった。

大家さんが驚くのも無理はないな、と思いながら参太は利兵衛の姿を眺めた。鳴海屋はここの表店の太物屋などとは比べものにならないほどの、江戸でも指折りの大店なのだ。

その鳴海屋の隠居の清左衛門に、よく平気で店番などの頼み事ができるものだ、と呆れつつ、参太は峰吉へと目を移した。

「ご隠居様は、喜六さんに店番を頼んでから来るから」

目が合うと、峰吉はそう言って笑った。

「お、叔父さん……」

今日は自分のせいで余計な仕事を増やしてしまったかもしれない。ごめんなさい、と参太が心の中で謝っていると、外から足音が聞こえてきた。

「ああ、利兵衛さん。すまないね、峰吉が迷惑をかけているようで」

開いたままの戸口の向こうに清左衛門が顔を出した。

「いやいや、こちらこそ。まさか鳴海屋のご隠居にまで……」

利兵衛もしゃべり出したが、峰吉がそれを途中で止めた。

「ああ、年寄り同士の長い挨拶は、やるべきことを片付けてからにしてくれないかな」

「おい峰吉。わしはまだ何をするのか聞いていないぞ」

清左衛門がしかめっ面で文句を言った。

「ご隠居様は、太物屋の人たちを店の方に引きつけてくれればいいんだ。そうすればみんなが助かるんだよ。幽霊も、太物屋さんの人たちも、それから利兵衛さんも」

「本当かね」

清左衛門は疑わしそうに眉《まゆ》をひそめたが、峰吉は自信ありげに大きくうなずいた。

「もちろんだよ。詳しい話は後でするから」

峰吉はそう言うと戸口から出ていった。

参太もその後を追いかけて、利兵衛の部屋を出た。峰吉はもう太物屋の裏口の前にいる。

しかし参太は峰吉のそばまで行かず、少し離れたところで止まった。

峰吉の横に、あの男が立っていたからである。つまり、茂平の幽霊だ。裏口の戸の方を向いて、じっとしている。

さっきは顔を動かした時に目の端に映っただけだったが、今は正面からでもその姿がはっきりと見えた。

だが峰吉には、自分のすぐ横にいる茂平が見えていないようだった。こちらに目を向け、清左衛門と利兵衛が出てくるのを待っている。

「……それではまずわしが店に入りますから、ご隠居はその後ろで堂々として……」

「……なるべく怖い顔をして、店の者たちを睨みつけた方がよさそうかな……」

乗り込む際の打ち合わせをしながら老人たちが部屋から出てきた。参太の横を通って、長屋の木戸口の方へ向かっていく。やはり峰吉の横にいる茂平には気づかなかった。

二人はそのまま木戸口を抜けて表通りに出た。太物屋の店がある方へ曲がり、参太からは見えなくなった。

目を峰吉へと戻す。相変わらず茂平の幽霊がすぐ横に立っているが、峰吉はそれに気づかず、裏口の前で戸の奥の様子をうかがっていた。

しばらくすると、利兵衛の大声が聞こえてきた。

「ほら、お前たち。よく聞くんだ。わしは今日、店賃を取りに来たのではない。すばらしいお客様を案内してきたんだ。驚いて腰を抜かすんじゃないよ。なんとあの、鳴海屋のご隠居様だ」

「この店がどれほどのものか、とくと拝見させてもらおうか」

清左衛門の芝居がかった声も聞こえてくる。利兵衛よりは小さいが、それでも日頃しゃべっている時に比べるとかなり大きい。

「鳴海屋のご隠居様が気に入ってくだされば、この店はこれからずっと安泰だ。さあ、まずは店にいる者たちをみんなここへ呼んで、ご隠居様に顔を……ゴホッ、ゲホッ」

力が入りすぎたようで、利兵衛が咳《せ》き込んでいる。

あまり無理をしなければいいが、と参太が心配していると、峰吉が動き出した。音を立てないようにゆっくりと裏口の戸を開け、太物屋の中に入り込んだのだ。

茂平の幽霊はそのままだ。開いた戸を睨みつけるようにして立っている。

やがて峰吉が再び姿を現した。戸を閉める前に二、三歩ほど参太の方に歩き、手に持った三枚の御札を見せてにっこりと笑う。どうやら無事に入れ替えられたようだ。

その峰吉の後ろで茂平の幽霊が動いた。まだ戸が開いたままの裏口から、太物屋の中へ入り込んだのだ。峰吉が考えた通り、やはりあの御札が邪魔していたらしい。

茂平の幽霊は戸の向こうに姿を消す前に、ちらりと参太の方へ目を向けて小さくうなずいた。目付きは厳しいままだったが、口もとはかすかにほほ笑んでいるように参太には見えた。

「……よし、それでは次にこの店の品を見せてもらおうか。ここに、ありったけ持ってきなさ……ゲホッ、ゴホッ」

太物屋の店の方で、清左衛門まで咳き込み始めた。もうこちらは終わったのだから早めに止めにいった方がよさそうだ、と参太は思った。


茂平の幽霊が太物屋に入り込んでから数日が経った。

参太は今、皆塵堂の奥の座敷で清左衛門と向かい合って座っている。手習から帰ると峰吉が待ち構えていて、ここへ連れてこられたのである。

「まあ、楽にしなさい」

清左衛門が言ったが、それは無理だ。参太は首をすくめながら、おそるおそる尋ねた。

「あのう、おいら……いえ、私に話があるということですが、いったい何の……」

「うむ。まずはこの間の、茂平の幽霊の話だ。長屋に出なくなったことは聞いているね」

「は、はい」

参太はうなずいた。利兵衛の思惑通り、杉蔵と久助が見たのは「ただの夢」だったということになったらしい。

「太物屋の旦那についても伝えておくよ。枕元に立った茂平の幽霊に説教を食らったようでね。遊び歩くことはなくなって、真面目に働いているそうだ」

「はあ、それはようございました」

参太はほっとした。これで一件落着だ。

「教えてくださってありがとうございます。それでは、私は店の手伝いに……」

「まあ待ちなさい。ここからは参太、お前の話だ。どうも近頃は、峰吉に対していらしているようだが、何かあったかな」

「は？」

参太は顔を横に向けて、作業場にいる峰吉を見た。

峰吉はいつものように何食わぬ顔で古道具の修繕をしている。こちらを気にしている様子はまったくなかった。

「いいえ、何もありませんが……」

参太は清左衛門へと顔を戻し、首を振った。嘘ではない。例えば峰吉と喧嘩をしたとか、そういうことは一切なかった。

「ふむ。それではなぜ、峰吉に幽霊を見せてやろう、などと考えたのだね」

「そ、それは……おいらは皆塵堂にいる幽霊を見て震え上がることがあるのに、そこで働いている峰ちゃんが見ないのは腹が立つな、と思って……」

「ふむ、それは峰吉から聞いている。だがね、わしはどうも、お前がいらいらしている原因はそれだけではない気がしたんだよ。それで峰吉に、なるべくお前に付き合って、様子をよく見るように頼んだんだ」

「は、はあ」

だからご隠居様は文句も言わずに店番を引き受けてくれていたのか。参太は合点がいった。

「分かったのは、お前は気づかいのできる優しい子だということだ。例えば、子猫の母親が倒れているのを見つけた時に、そいつをかわいがっていた菊次郎にどう話そうか悩んだりしてね」

確かに、その悩みをつぶやいた覚えがある。かなり小声だったはずなのに、峰吉の耳はしっかり聞いていたらしい。

「他にも相手がしゃべりやすいようにするなど、細かい心配りができる子だと、峰吉から話を聞いたわしは思ったよ。しかしどういうわけか峰吉に対しては、当たりが強いと言うのか、少々きつい物言いもしていたようだ」

「も、申しわけありません」

「いや、謝ることはないよ。わしはもちろん、峰吉にもね。あれはそんなことを気にする小僧じゃない」

横目で峰吉を見ると、小さくうなずいていた。やはり今も、何食わぬ顔でしっかりこちらの話を聞いていたようだ。

「わしが思うに、お前の峰吉に対するいらいらは、心の中に焦りと不安があるからだと思うんだよ」

「は、はあ……」

そうだろうか、と参太は首をかしげた。

清左衛門は参太の顔をじっと見つめた。

「少ししか年が違わないのに、峰吉は大人と同じように働いている。それに友達の竹之助は職人の修業でよその家に行く。自分はのんびりと手習に通っているが、このままでいいのだろうか、という焦り。それと同時に、自分は峰吉たちのように大人たちに交じってやっていけるだろうか、という不安があるようにわしには見えるよ」

「ううん……」

言われてみれば、確かにそういう思いがないわけではない。

「だがわしは、それでいいと思うんだよ。お前くらいの年の者は、みんな同じような焦りや不安を持つものなんだ。平気な顔をしている峰吉がおかしいんだよ。まあ、お前は真面目な子だから、ことさら強く感じるのかもしれないね。だが十人十色と言って、人それぞれ、みんな違うんだ。お前は自分のやり方で、ゆっくり大人になればいい。人生なんて案外どうにかなるものだよ。もし不安になったら、ここの主の伊平次でも眺めればいいさ」

「はあ、そうします」

確かに気が楽になりそうだ。もっとも、店ではほとんどその姿を見ることはないが。

「だがそれでも、掃除や打ち水だけでなく、少しずつでも油屋としての仕事の手伝いもしていくべきかな。そのようにわしから喜六さんに言っておくよ」

「は、はい。ありがとうございます」

他の子に比べて自分は楽をさせてもらっている、と申しわけなく思っていたが、清左衛門はそれも見抜いていたようだ。

「うむ。わしからお前に言いたいことは終わりだ……それでは、次の『幽霊が出そうな場所』の話を聞かせてもらおうか」

「は……はあ？」

「実はわしも、峰吉を震え上がらせてやりたいと思っていたんだよ。面白そうだからね」

清左衛門は、そう言って笑った。

峰吉はといえば、「このじいさん、なに言ってるんだ」というふうに顔をしかめて、清左衛門をにらみつけている。その顔を見た参太は思わず吹き出してしまった。

「はい、もちろん新しい話を仕入れていますす。手習のお師匠さんから聞いたのですが……」

ひとしきり笑ったあとで、参太は次の「幽霊が出そうな場所」を語り始めた。

そういう所

一

参太が手習所から戻ると峰吉が通りに立っていた。こちらに向かって手を振ったので、どうやら帰ってくるのを待っていたらしかった。

もう一人、峰吉の隣に二十代半ばくらいの年の男もいた。この人のことは参太も知っている。前に皆塵堂で働いていた、太一郎《たいちろう》という男だ。今は浅草阿部川町《あさくさあべかわちょう》にある実家に戻り、家業の道具屋を継いでいるらしい。その後も皆塵堂によく来ているので、顔を合わせることが多いのだ。

「参ちゃん、帰ってきて早々に悪いけど、鳴海屋のご隠居様が呼んでいるんだ。喜六さんにはもう話してあるから、手習の道具を置いたらすぐに皆塵堂に来てよ」

「ふうん。おいらに何の用だろう」

参太は二人に近づくと、太一郎にぺこりと頭を下げた。

「ああ、参太、おかえり。つかれてないようだな。良かったよ」

太一郎はそう言うと、にこりと笑い、それから皆塵堂の中に入っていった。

「……どういうことだろう。まさかこれから、何か大変な仕事をやらされるのかい。ものすごく疲れるような」

参太が訊《き》くと、峰吉は「そうじゃないよ」と首を振った。

「あの太一ちゃんが『やたらと幽霊が見えてしまう人』だというのは参ちゃんも知っているよね」

「う、うん」

ただ見えるだけではなく、そいつがどうして死んだのか、とか、何に未練を残してこの世に留まっているのか、なども分かるらしい。とにかくその手のことに関しては、ものすごい力を持っている人だと聞いている。

「で、最近になって参ちゃんは、このおいらに幽霊を見せてやろうと考えるようになった。もしかしたら前々から思っていたことなのかもしれないけど、こっちにしてみれば唐突だからさ。どこかで変な幽霊でも拾ってきたんじゃないか、と鳴海屋のご隠居様が心配してね。それで念のため太一ちゃんに参ちゃんを見てもらったんだ」

「そういうことなんだ……」

つまり太一郎は「疲れていない」ではなく「憑《つ》かれていない」と言ったのだ。

「……おいらもそれを聞いて安心したよ。だけどご隠居様には悪いことをしたな。そんな心配をされているとは思わなかった」

皆塵堂の中を覗《のぞ》くと、奥の座敷で太一郎が清左衛門に向かって話をしていた。どうやら参太のことを告げているようで、清左衛門は安堵《あんど》したような表情で頷《うなず》いている。

ここからでは見えないが、襖の陰にも人がいるようだ。今日は珍しく伊平次がいるのだろうか。太一郎はそちらにも何か言っている。

「まあ、参ちゃんが気にすることはないよ。あくまでも念のためさ。それに、むしろ今では参ちゃんよりご隠居様の方が乗り気なくらいなんだよね。なんとしてもおいらを怖がらせてやろうと考えているみたいだ。だから変なものが憑いているならご隠居様の方じゃないかと思うんだけどさ。太一ちゃんが何も言わないところを見ると違うんだろうな」

峰吉は残念そうな顔でそう言うと、小さく舌打ちした。

「悪いものが憑いていないんだから、良かったじゃないか」

「もちろんそうさ。でもおいらは迷惑だよ。こっちは店の仕事をしたいのに……」

「なんか、申しわけないな。おいらのせいで」

「いや、それも気にしなくていい。参ちゃんが聞き込んでくる話なんて可愛いものだからさ。ちょうどいい息抜きになった」

「へえ……」

それなら安心……とはならない。自分は本気で峰吉を怖がらせてやろうと考えていたのだ。悔しい、と今度は参太の方が小さく舌打ちした。

「どうやらご隠居様は、ここから本腰を入れる気のようなんだ。その話をするつもりで参ちゃんを呼んでいるみたいだよ。まったく何を考えているんだか……。まあ、とにかく荷物を置いたら、すぐにうちに来てよ」

峰吉はそう告げると、ため息をつきながら皆塵堂の中へと入っていった。

——ふうん、本腰ねえ。そうなるとご隠居様の話ってのは……。

峰吉に幽霊を見せるための何かいい手を思い付いたのだろうか。それは楽しみだ、と思いながら参太は急いで手習の道具を置きに行った。

参太はすぐに皆塵堂に顔を出した。

踏み付けると怪我をしそうな物がたくさん転がっている店土間を通り抜け、板の間へと上がる。峰吉はそこにいて、むすっとした顔で古道具の修繕《しゅうぜん》をしていた。自分を怖がらせるための話をするわけだから、さすがにいい気分ではないのだろう。参太はそんな峰吉を横目で見ながら前を通り過ぎ、次の部屋に入った。そこは峰吉と伊平次が寝床として使っている部屋で、隅に布団《ふとん》が畳まれていた。

その先にあるのが清左衛門たちのいる一番奥の座敷である。

「鳴海屋のご隠居様、こんにちは」

参太はいったん立ち止まり、正面に座っている清左衛門に頭を下げてから再び歩き出した。

しかしその足は座敷に入る手前でまた止まった。表にいた時は見えなかった、襖の陰にいる人が目に入ったからである。

そこにいたのは伊平次ではなかった。あの店主は今日も魚釣りに出かけて留守のようだ。

「……あ、ええと……み、巳之助《みのすけ》さん、こんにちは」

座敷にいたのは、菊次郎が見た夢の一件で見つけた子猫を引き取ってくれた、あの「ものすごく猫が好きな大人」だった。

太一郎と同様、この人も皆塵堂によく来ている。だから参太も前々から顔だけは知っていた。しかし巳之助という名であることを知ったのも、挨拶《あいさつ》以外の言葉を交わしたのもあの件の時が初めてだ。体が大きく、厳《いか》つい顔をしているので、姿を見たらすぐに油屋の中へ逃げ込んでいたからである。

もっとも巳之助の方も、参太のことを「皆塵堂の向かいの店の水撒《ま》き小僧」という覚え方をしていたので、そこはお互い様である。

巳之助が案外と優しい人であるということが子猫の一件で分かったが、それでもいきなり顔を見ると驚いてしまう。だから思わず足を止めてしまったのだ。

「み、巳之助さんは……鮪助に会いに来たのですか」

巳之助が住んでいるのは、太一郎と同様、浅草阿部川町だ。しかも同じ長屋で、太一郎が店主をしている銀杏屋《いちょうや》という道具屋は表店《おもてだな》にあり、巳之助がいるのは裏店《うらだな》である。ここからだと歩いて半時はかかるくらい離れている。

巳之助の仕事は棒手振《ぼてふ》りの魚屋なので、皆塵堂で修業をしてから道具屋の主に収まった太一郎と違い、遠くの古道具屋には用がない。それなのに年中ここに顔を出しているのは、鮪助に会うためらしい。さすがはものすごく猫が好きな大人である。

「うむ。もちろんそれもあったんだけどよ。鮪助のやつ、用があるからと早々に出ていった太一郎を追いかけて、外へ行っちまったんだ。まあ少しは遊べたから良かったけどよ」

「へえ……」

参太が荷物を置きに行っている間に、太一郎は帰ってしまったようだ。

「……あ、あれ？」

巳之助がいるのとは反対側の襖の陰にいる者の方へと参太は目を向けた。そこにもう一人いることは気づいていたが、顔が怖い巳之助に気を取られたことと、当然それは太一郎だと思い込んでいたので、しっかりと見ていなかったのだ。

「あ、ええと……ここの向かいにある油屋の小僧で、参太と申します」

初めて会う人のようなので、参太はそう言って頭を下げた。年は六十手前くらいだろうか。どこかの店の旦那、もしくは隠居といった風情の男である。

「ああ、小僧さんのことは巳之さんから伺っていますよ。私は浅草阿部川町にある、喜多屋《きたや》という店の主……いや違った、もう店は倅《せがれ》に譲ったんだった。喜多屋の隠居の徳右衛門《とくえもん》という者だよ」

「はあ」

なぜ巳之助はおいらのことをこの人に話したのだろう、と参太は首を傾げた。

「ああ、徳右衛門さんと俺は猫好き仲間なんだよ」

参太の様子を見た巳之助が再び話し始めた。

「町中で猫を見かけたら、周りで人が見ていようが構わずに猫撫《ねこな》で声で話しかける親父でね。俺と同じ阿部川町に住んでいるから、前からよく知っているんだ。同じ猫を追いかけて鉢合わせになることもたまにある」

一匹の猫を挟み、両側にしゃがんで「にゃあにゃあ」と声をかけている徳右衛門と巳之助の姿が参太の頭に浮かんだ。ちょっと気味が悪い。もしそんな場面に出くわしたら、自分は急いでその場を離れるだろうな、と参太は思った。

「だけど徳右衛門さんは、自身ではこれまで猫を飼ったことがなかった。喜多屋は水菓子を商っている店でね。食い物を扱っているから嫌がる客もいるだろう、とずっと我慢していたんだ。水菓子だからそこまで気にすることはないと俺は思うんだが」

水菓子というのは果物のことである。それぞれの季節ごとに、真桑瓜《まくわうり》や西瓜《すいか》、梨、葡萄《ぶどう》といった美味《おい》しそうな物が水菓子屋には並べられている。むろん参太も大好きだ。

確かに水菓子なら洗ったり皮を剝《む》いたりしてから食べるので、あまり気にしなくていいかもしれない。しかしそれでも店の中を猫がうろついていたら嫌がる客がいるはずだから、徳右衛門の考えは商売人として正しい。

「そんな徳右衛門さんは、少し前に喜多屋を息子さんに継がせて隠居した。そうなるともう我慢しなくていいからな。わざわざ猫を飼うために、近くに一軒家を借りたんだ。で、どこかに良さそうな子猫はいないかい、と俺の許に顔を出した。ちょうどその時、うちには一匹の子猫がいたんだよ。水撒き小僧……ああ、参太だったか。お前が空き家で見つけてきた、あの子猫だ。そのまま俺が引き取っても良かったんだが、うちの長屋にはすでに六匹もいるからな。それでどうしようかと悩んでいたら、徳右衛門さんがうまいこと来てくれたってわけだ。事情を話したら、それなら私が貰《もら》おう、となってね。まあつまりだな、参太。あの子猫は徳右衛門さんが飼うことになったんだよ」

「左様でございますか」

参太は座敷に入って徳右衛門の前に座ると、手をついて先ほどより丁寧に頭を下げた。

「ありがとうございます。どうか子猫のことをよろしくお願いいたします」

いい人に貰われたようだ。あの「猫が見ている光景」の夢を見た友達の菊次郎も安心するに違いない。

「うむ。もちろんだよ」

徳右衛門は力強く頷いた。

「私としても猫を飼うという念願が叶ったわけだからね。猫三十一郎《ねこさんじゅういちろう》の世話はしっかりとやらせていただきますよ」

「は……はい？」

いきなり妙な名前が出てきた。それは多分……子猫のことだろう。

「……三十一郎、でございますか」

「いや、頭に猫を付けて『猫三十一郎』だよ。それで一つの名前だ。私は別の名を考えていたのだが、巳之さんがどうしてもというものだからね」

「ううん……」

参太は小さく唸《うな》りながら巳之助へ目を向けた。徳右衛門が承知しているようだから異を唱えるつもりはまったくないが、それでも他にいい名前はなかったのか、という思いがある。

「そうだぞ、参太。猫三十一郎だ。素晴らしい名前だろう」

巳之助は気に入っているらしい。満足そうに頷いている。

「さっきも言ったようにうちの長屋には六匹の猫がいるが、そいつらに子猫が生まれたり、今回のように他所《よそ》の猫を引き取ったりして増えることがある。そういう猫は新たな飼い主が見つかるまで、とりあえず順番に猫太郎《ねこたろう》、猫次郎《ねこじろう》、猫三郎《ねこさぶろう》……と呼んでいたんだ」

あの子猫は三十一四目に当たったようだ。

「もちろん引き取られていった後は、飼い主の方で好きな名を付けて結構だ。たいていの猫はそうなっている。だけど猫三十一郎って名はすごく格好いいからな。その前にいた猫三十郎の時もそうだったんだが、どうしても変えてほしくはなくてね。それで徳右衛門さんにお願いして、そのままにしてもらったんだよ」

「さ、左様で……」

決まってしまったものは仕方がない。参太は再び徳右衛門に向かって「よろしくお願いいたします」と頭を下げた。

「……さて、お互いの紹介が済んだし、子猫の件も終わったみたいだから、ここからは儂《わし》の話を聞いてもらおうかな」

ずっと黙って参太たちのやりとりを聞いていた清左衛門がここで口を開いた。

「参太に来てもらったのは、例の『峰吉に幽霊を見せて震え上がらせる』という件についてなんだよ」

「はい」

参太は頷いて、清左衛門の方へ体を向けた。

「それは峰ちゃんから聞いています」

「うむ。ただでさえ幽霊話なんてものを子供が聞き集めるのは大変だし、ましてや本当に幽霊が出てくる場所となると、なかなか見つかるものではない。ところが参太はその手の話を三つも集めてきた。大したものだ」

「ありがとうございます。だけどおいらが怖い思いをしただけで、肝心の峰ちゃんには幽霊を見せることはできませんでした」

残念だ、と思いながら参太は後ろを振り返り、板の間にいる峰吉を見た。こちらの話は聞こえているはずだが、峰吉は何食わぬ顔で壊れた古道具の修繕を続けていた。

「うむ。それでもよくやったよ。だが、さすがにもう手詰まりになっているのではないかな」

「ご隠居様のおっしゃる通りでございます」

参太は清左衛門の方へ向き直ると、はあ、と大きく息を吐き出した。

手習の師匠から恐ろしい幽霊話を聞いたので期待していたのだが、細かい場所を訊《たず》ねると師匠はしどろもどろになった。どうやら本当のことではなく、子供を怖がらせるための作り話だったようなのだ。

その他にもいろいろな人にその手の話を知らないかと訊ねて回ったが、どれも「知り合いの知り合いから聞いた話だけど」といった、信用できないものばかりだった。

「まあ仕方がない。参太は店の手伝いもしなければならないからね。打ち水や掃除だけでなく、もう少し油屋としての仕事をさせたらどうか、と参太の叔父の喜六さんに儂から話しておいたから、多分、そちらの手伝いもさせられるようになっただろう」

「は、はい」

叔父とお客が立ち話をしている間に、器に油を入れる仕事を任されるようになった。

「店の仕事を覚えることと、手習所で読み書き算盤《そろばん》を学ぶこと。今の参太には、この二つの方が大事だ。だから幽霊の件からは離れて、自分がするべきことをしっかりとやりなさい」

「はい……分かりました」

参太は少し肩を落としたが、素直に頷いた。そうした方がいいのは間違いない。

「だが……」

清左衛門の目が参太の背後へと向けられた。峰吉を見ているらしい。

「……あの峰吉を怖がらせてみたいと考えていろいろとやってきたのが、ここで終わってしまうのは残念だと参太は感じているようだね。無理もないことだと思うよ。だからね……参太の思いを別の者に引き継がせようと儂は考えているのだ」

清左衛門の目が再び参太へと戻ってきた。いつもの優しそうな目ではなく、今はそこに意地悪そうな色も宿っている気がする。峰吉が言っていた「ご隠居様の方が乗り気なくらいなんだよね」というのは本当のことのようだ。

「もちろんその首尾については後から参太に話すよ。峰吉の様子などもね。それを聞くのを楽しみにしながら学問や仕事に励みなさい」

「は、はい。お蔭《かげ》でやる気がでます。しかし、そんなことを引き継いでくれる人が果たしているかどうか……」

「うむ。それについては打ってつけの人物がいるからね。儂はまず、太一郎に頼んでみたのだよ」

「た、太一郎さんでございますか」

この手の話を任せるなら江戸で一番と言っていいくらいの人だ。太一郎なら必ず峰吉に幽霊を見せることができるに違いない。

「……だが、断られてしまった。峰吉に幽霊を見せたところで怖がるとは思えない、と言うのだよ。見せられる幽霊の方が気の毒、とまで言っていたな、太一郎は」

「ううん……」

なんとなく分かる気がする。

「だが太一郎ではなく、別の者が名乗り出てくれた。この巳之助だよ」

「ええっ」

参太は目を丸くして巳之助を見た。

「そんなに驚くことかね」

巳之助は不満そうだ。

「い、いえ。幽霊とかそういうのとは無縁の人のように思えたから……」

参太が巳之助について知っているのは、ものすごく猫が好きだということと、体が大きくて顔が怖い魚屋だということだけだ。

「もしかして、その手の話に詳しいのでございますか」

「いや、まったく詳しくない。それに、どちらかというと幽霊話とかは苦手な人間だ。しかし太一郎のやつと関わっていると、あの世の方々にお目にかかってしまうことがあるんだよ。お蔭で何度もひどい目に遭《あ》っている」

「ああ、なるほど」

「で、峰吉のやつも太一郎とは関わっている。だけど、どういうわけか峰吉は、俺と違って幽霊を見ない。ついこの前もさ、俺と峰吉の二人で幽霊が出るっていう所に行ったんだ。人相見の先生の家で、結構な屋敷だった。そして、見事に幽霊が出てきやがった。広い座敷に女がずらっと並んでてさ。さらに、刃物を振り回す物騒な男の幽霊までいた。危うく斬られそうになったりして、本当に俺は大変だったんだ。ところがその頃、峰吉はと言うと、別の部屋でのんびり寝てやがったんだ。しかもだぜ、その時にはもう峰吉は、どうしたらその屋敷に幽霊が出なくなるか、そのやり方が分かっていたんだ。つまり俺は怖い思いをすることなんかなかったんだよ。どうだ、参太……腹が立つだろう」

「え、ええ。本当に」

　どうやら巳之助は、自分と同じような目に……いや、もっとひどい目に遭っているようだ。それなら今回の件を引き継いでくれるというのも頷ける。

「まあそういうことだから後のことは俺がやる。お前は自分のやるべきことをしっかりとやってくれ」

　巳之助は参太に向かってそう言うと、任せろという風に自分の胸を叩《たた》いた。

「は、はい。お願いいたします」

参太は巳之助に向かって丁寧に頭を下げた。

二

「……と、いうことでここからは参太に代わってこの巳之助が取り仕切らせていただきます。なんとしても峰吉に幽霊を見せて、震え上がらせてやる所存でおりますので、ご一同の皆々様、お引き立てのほど、よろしくお願い……」

巳之助が最後まで言い切らないうちに清左衛門が口を挟んだ。

「そんな口上はいらないよ。さっさと話を進めてくれないかね」

「いや、ご隠居、そうは言ってもやはり挨拶は大事だと、この皆塵堂の裏の長屋にいる飯炊き婆さんが……」

「この後、参太は店の手伝いをしなければならない。お前と違って忙しいんだよ」

「まあ、そうですけどね……」

巳之助は首をすくめた。確かに自分は早朝から昼までは熱心に魚屋の仕事をしているが、その後は猫好き仲間の家へ押しかけたり、野良猫の尻を追いかけたりと気ままに過ごしている。昼を過ぎてからは小僧の参太の方が忙しいのは事実だ。

「だけど、俺の見せ場はこの挨拶くらいのもので、それが終わったら出番もなくなりそうだし……」

「ああ？　おい巳之助、それはどういうことだね。随分《ずいぶん》と自信がありそうだったから、儂はてっきり、あの峰吉でも幽霊に出遭《であ》えるような場所をお前が知っていると思っていたのだが」

「いや、そうなんですよ。確かにそういう場所を知っていたんですよ。ほら、ご隠居にも話したでしょう。柳島町《やなぎしまちょう》の袋物屋《ふくろものや》に出る幽霊のこと」

少し前に巳之助は、そこで「蕎麦《そば》の打ち方を教えるのが好きな爺さんの幽霊」に出遭っていたのだ。その袋物屋の先代の主の幽霊で、生前は蕎麦打ちが道楽だったらしい。

「このところずっと、俺はその袋物屋へ通っていたんですよ」

かなり厳しい教え方をするので巳之助としては行くのが嫌だったが、その幽霊の息子である今の主の又七《またしち》が「死んだお父つぁんに会えて嬉しい」と言うので、仕方なく蕎麦打ちを習っていたのだ。

「だけど俺の蕎麦打ちの腕が上がったら、それで満足したのか、出てこなくなっちまったんだ。爺さんの幽霊」

蕎麦を打つのが下手なやつが訪れたらまた現れるのではないか、と巳之助は考え、弟分の茂蔵《しげぞう》や、暇そうな猫好き仲間などを連れて袋物屋へ行ってみたが、それから爺さんの幽霊が姿を見せることはなかった。

「又七さんは残念がっていたけど、それでも『お父つぁんが満足して成仏したのなら、これで良かったのだろうね』と言ってくれてさ。まあそんな感じで、めでたしめでたし、となったわけで……」

「ああ、それは本当にめでたしめでたし……じゃないよ、巳之助。いや、もちろん儂もそれで良かったと思うよ。お前のお蔭でその幽霊……ええと、確か九平《くへい》さんと言ったかな。その九平さんの幽霊が気持ちよくあの世へと旅立てたのだから。だけどね、峰吉に見せることができなくなったじゃないか」

「そうなんですよね……峰吉のやつは器用なくせに、なぜか飯を作るのだけは下手糞《へたくそ》だから、必ず出てきたと思うんですよ。もっとも、峰吉のやつが九平さんの幽霊を見て怖がるとは思えないけど」

しつこく蕎麦の打ち方を教えてくる面倒臭い幽霊だと感じるだけだろう。

「ううむ、九平さんについては仕方がない。諦《あきら》めるとして……巳之助、他に心当たりはないのかね」

「いやあ、ありませんねえ」

「お前……ここへ何しに来たんだよ」

清左衛門は呆れたように言うと、はあ、とため息をついた。

「子猫のことを参太に告げて、その後でどうでもいい挨拶をしただけじゃないか」

「ええ、その通りですぜ。俺の役目はそれで終わりだ。実はね、ご隠居。俺じゃなくて、徳右衛門さんに心当たりがあるそうなんですよ。俺がその手の話を探していると言うと、何か思い当たったらしくて」

「ほう」

清左衛門が目を丸くして徳右衛門の顔を見た。

「本当でございますか。気を悪くしないでもらいたいのだが、その……勘違いということはありませんかな。幽霊に遭える場所なんて、そうそうないと思うのだが」

「ええ、その通りですな。正直に言うと、実際に幽霊が出たとかいう話ではないのですよ」

徳右衛門は申しわけなさそうに首を振った。

「まさか、ここの小僧さんに幽霊を見せて震え上がらせてやろう、なんてことになっているとは思いもしませんでしたからね。巳之さんには、奇妙な空き店を知っていると告げただけなのです」

「ふむ」

清左衛門がじろりと巳之助を睨みつけた。

「おい、巳之助。お前ね、話をするのならもっと詳しく……」

「いや、ご隠居。棚から牡丹餅《ぼたもち》とか、瓢箪《ひょうたん》から駒なんて言葉があるじゃないですか。案外とすごい話が聞けるかもしれませんぜ。とにかく徳右衛門さんに喋《しゃべ》っていただこうではありませんか」

清左衛門に文句を言う暇を与えないよう、巳之助は急いで徳右衛門を促した。

「さあ、話してくだせえ。ええと、奇妙な空き店でしたっけ。それはどこにあって、どんな家なんですかい」

「……巳之助さん、そんなに急《せ》かしたら徳右衛門さんが話しづらいと思うよ」

峰吉が座敷に入ってきた。湯飲みが五つ載った盆を持っている。

「おっ、峰吉。お前、どこから茶なんか出したんだ」

ついさっきまで板の間で古道具を直していたはずである。

「裏の長屋の飯炊き婆さんに、お湯を沸かしておいてよって前もって頼んであったんだ。で、巳之助さんがくだらない挨拶を始めたから、ちょうどいいやと思って取りに行ってきたんだよ」

峰吉は清左衛門、徳右衛門、巳之助、そして参太の前に茶の入った湯飲みを置くと、そのまま板の間の方へと歩いていった。自分はそちらで話を聞くつもりらしい。

「ふうむ。なかなか気の利く小僧さんだ」

徳右衛門が感心したように言い、それから少し顔をしかめた。

「ああ、私も何か手土産を持ってくれば良かったな。いきなり巳之さんが押しかけてきて、どこへ行くとも聞かされずにそのまま連れ出されたものだから……」

「おい、巳之助……」

また清左衛門に睨まれたので、巳之助は慌てて徳右衛門を促した。

「さあ、ずずっと茶を飲んで喉を湿らせてくだせえ。そうしたら話しやすくなるでしょう。それで、何でしたっけ。ええと……ああ、奇妙な空き店か。徳右衛門さんは今、喜多屋の近くに一軒家を借りて住んでいますが、そこを探す時に見つけたってことなんでしょうかね」

「ああ、いや、それとは別なんだよ」

徳右衛門はずずっと茶を啜《すす》ってから、湯飲みを置いて話し出した。

「まず、どうしてその空き店を見つけたのか、ということから始めようか。うちにね、長く勤めてくれている番頭さんがいるんですよ。そろそろ独立して自分の店を持ちたいと考えていたようで、実際にそういう話も出ていたんだが、ちょうど私が隠居する時と重なってしまったものだから、少し我慢してもらったんです。店を継いだばかりの倅を支えてもらうためにね。その倅もようやく店主として慣れてきたので、これまでの番頭さんの働きに報いるためにも、私がいい空き店を探してやろうと思ったんだよ。新しく店を出すなら、場所というのは大事だからね。それで、方々を歩き回っていたら……」

浅草三間町《さんげんちょう》に良さそうな空き店があった。

面している通りは決して広くはないが、浅草寺への抜け道らしくて、かなり多くの人が行き交っている。近くにある店は、どこもそれなりに客が入っている様子だ。

それに、他に閉まっている店はない。商売をするのにはいい場所のようだ。

「ふむ」

喜多屋と比べるとやや狭そうなのが気になるくらいだ。しかし奉公人を置くにしても、あるいはこれからかみさんを貰うにしても、初めはこのくらいの広さで十分なのではないか……と考えながら、徳右衛門は裏長屋に足を踏み入れた。

まず厠の場所を確かめた。食べ物を扱うのだから臭いや蠅は気になるところだが、空き店からは離れている。これなら平気だ。

空き店を裏口の方から眺めてみた。決して新しい建物ではないが、造りはしっかりしているように見える。試しに裏口の戸を動かしてみると、すっと開いた。建て付けも悪くない。

「おいおい、何をしているんだい。そこは空き店だよ」

ここで突然、背後から声をかけられた。驚いて振り返ると、腰の曲がった年寄りが不審げな目付きで徳右衛門を睨んでいた。

「ああ、いや、私は阿部川町で水菓子を商っている喜多屋の隠居で、徳右衛門と申します。決して怪しい者ではございません。うちの番頭さんにそろそろ暖簾《のれん》を分けようかと考えていて、それで空き店を探しているところでございまして……」

「ほほう、空き店を」

年寄りの腰がぴんと伸びた。満面に笑みが浮かぶ。

「それで、そこに目を付けたというわけですな。いやあ、大したものだ。お前さん、お目が高いね。それに運がいい。そこは少し前に空いたばかりでしてね。商売をするには場所がいいし、店賃も安いから、もう少し遅かったら次の借り手が現れていたに違いない。いやあ、本当に良かった。ああ、儂はこの長屋の差配人で、覚兵衛という者ですよ」

「は、はあ。いや、今はあちこち見ている途中で、まだ借りると決めたわけでは……」

「そんなことを言っていると、本当にすぐ塞《ふさ》がっちまいますよ。儂は家主からすべて任されているから、なんなら店賃をもっと安くしてやってもいい。早く決めるべきだ。まあ外から眺めるだけでなく、中も見てやってくれないかな。儂が毎日掃除しているからね。綺麗《きれい》なんだ。すぐにでも水菓子屋が開けるよ」

覚兵衛は年寄りとは思えない素早さで裏口をくぐり、空き店の中に入っていった。

「ううむ」

まずは番頭さんに告げてから、と思っていたが仕方がない。せっかくだから、と徳右衛門も中に足を踏み入れた。

表戸が閉まっているので暗かった。しかし先に入った覚兵衛が、閂《かんぬき》を外して表戸を開けたので、すぐに光が差し込んだ。

「ほう、思ったより広いですな」

通りに面した店土間と帳場、その次に一つ部屋があり、裏口を入ったところにある板の間へと続いている。その板の間の端に、二階へ上がる梯子段《はしごだん》があった。

「そうなんですよ。間口があまりないから表側からだと狭そうに見えるが、案外と奥行きがあるんです。二階もね、部屋が二つありますよ」

裏口の方へ戻ってきた覚兵衛が、やはり年寄りとは思えないしっかりとした足取りで梯子段を上がっていった。

徳右衛門はすぐに覚兵衛を追いかけずに、まずは一階を眺めた。広さは十分だ。開いている表戸から通りが見えるが、短い間に結構な数の人が行き過ぎていった。やはり人通りは多い。

これは掘り出し物かな、と思いながら二階へと上がった。ちょうど覚兵衛が雨戸を開け放ったところだったので、外からの光が溢《あふ》れていた。一階は向かいの店の屋根が少し邪魔していたが、二階はかなり日当たりが良さそうだ。

梯子段を上がった所にある部屋は、畳を敷いたとしたら六畳くらいの広さだった。ただし梯子段が端にあるので、そこを除くと四畳半分くらいか。

その隣の、表通り側に面した部屋はもっと広かった。八畳くらいだろう。

「どうです、なかなかの家でしょう。ここで店をやったら繁盛しますよ。さっき言ったように、ぐずぐずしていると別の借り手がすぐに現れます。どうしますかい」

覚兵衛が近づいてきて言った。揉《も》み手をしている。

「いやあ、さすがに広すぎるように思えてきましたよ。こうなると、いくら安いと言ってもそれなりの店賃を取るでしょうし……」

「壁に耳あり障子に目ありってこともあるので大声では言えませんけど、これくらいでどうでしょう」

覚兵衛は開け放った窓をちらりと見てから、徳右衛門の耳元に顔を近づけ、店賃を告げた。思いのほか安かった。多分、覚兵衛の一存で値を下げたのだろう。

さて、どうするか。今ここで決めてしまうべきだろうか。

悩んだ徳兵衛は腕組みしながら顔を下へ向けた。するとその目に梯子段の周りに設《しつら》えてある柵が映った。

「おや、そこだけ新しくなっているように見えますすな」

「ああ、柵ですか。少し古くなっていましたからね。寝相の悪い者が二階で寝ていて、転がったら折れてしまった、なんてことになったら大変でしょう。下手したらそのまま一階まで落ちてしまって大怪我だ。ですから、ついこの間、大工を入れてそこだけ直したんですすよ」

「ふうむ」

「根太《ねだ》なんかも見てもらったんですけどね。他はまだ直さなくても平気だと大工さんは言っていましたよ。しっかりした造りをしていると褒《ほ》めていましたっけ。それで、どうしますか。今、決めてもらえるとありがたいんだけどね」

「あ、ああ」

場所も、広さも、店賃も申し分ない。これほどの空き店が他で見つかるとは思えなかった。

「ここを借りることに決め……たいところだが、先ほど言ったように、番頭さんが出す店を探しているんだよ。やはり本人に見てもらわなければ」

「ああ、なるほど。それは当然だ。でもなるべく早くしてもらわないと、こっちも困ります。番頭さんはいつ来られますかな」

「え、ええと……二、三日中には」

「お待ちしておりますよ。なあに、きっと番頭さんも気に入るに違いありません」

覚兵衛はそう言うと、にっこりと笑った。

「……そうして私は覚兵衛さんに別れを告げ、その空き店を後にしました」

徳右衛門はそこで話を止めて、茶を口に運んだ。

「ふうむ。聞いた限りでは、別に奇妙な空き店という気はしないなあ」

巳之助は首を傾げた。

「むしろいい店に思える。俺が借りたいくらいだ」

「お前は棒手振りの魚屋だろう。店なんかいらない仕事だ」

清左衛門が呆れたような口調で言うと、こちらも茶を啜った。

「何を言っているんですかい、ご隠居。今の俺は蕎麦打ちの名人なんですぜ。あの九平さんの幽霊に仕込まれたんだ。蕎麦屋を始めたらきっと評判になる」

「やめておいた方がいいな。蕎麦屋なんてのは、一つの町に一軒……いや、もっとかな。とにかくあちこちにあるんだ。繁盛させるのは難しいんだよ。まあ、それはともかく……徳右衛門さん、儂が聞いても、特におかしなところがあるとは感じませんでしたよ。どこが奇妙な空き店なのか、教えてくれませんかね」

「ああ、まだ話の途中なんですよ」

徳右衛門は湯飲みを置くと、ふう、とひと息ついてから再び話し始めた。

「覚兵衛さんと別れた私は、もう一度、表通り側からその空き店を眺めました。見れば見るほど良い店に思え、心の中では、もうそこを借りるつもりでいましたよ。きっと番頭さんも喜ぶに違いない。そう考えながら、喜多屋へ向かって歩き出しました。

ところが、いくらも進まないうちに声をかけられたのです。ええと、空き店の二軒隣の店の、その向かいにある団子屋でした。そこの店番をしていた老人に呼び止められたのですよ。そして話があると店の中に引き込まれて……」

「……お前さん、覚兵衛さんに案内されてあの空き店の中に入ったみたいだな。もしかして借りる気なのかい」

老人は団子屋の中にあった縁台に徳右衛門を座らせると、険しい顔でそう訊いた。

「は、はあ。そのつもりですが」

「ふうん。もう決めちまったのか」

「いいえ、借りるのは私ではなくて、うちの番頭さんでしてね。一度、本人に見せてからと考えているのですよ」

「そうかい」

老人は団子屋の中から少しだけ顔を出して、空き店の方を覗いた。

「まだ表戸や二階の雨戸が開いているところを見ると、覚兵衛さんはこれから掃除をするんだろうな。多分、今のままでも十分なのだろうが、番頭さんが気に入るように念を入れるのだろう。まあ、だからと言ってあそこが『綺麗』になるわけではないんだが」

「ええと……」

どういうことかと訊こうとしたが、その前に団子と茶を盆に載せた婆さんが店の奥から出てきた。

団子を食うつもりで店に入ったわけではない。だから客じゃないと言って断ってもよかったが、さすがに老人の話が気になるので、ここで出ていくわけにはいかなかった。徳右衛門は懐から四文出して、盆を受け取った。

「それで……どういうことでしょうか」

やけに渋い茶を啜った後で、徳右衛門は老人に訊ねた。

「ううん……すまないが、詳しい話はできないんだ」

老人はまだ空き店を窺っている。

「あの覚兵衛さんとはこうして近所に住む仲だから、滅多なことは言えない。覚兵衛さんの実入りに関わってくることなんでね。すべての者に何か起こるってものでもないし」

「はあ」

要領を得ない。この老人は何を言いたいのだろう、と首を傾げながら、徳右衛門は団子にかじりついた。さほど甘くはなかったが、それでも渋い茶を飲んだ後だったからか美味しく感じた。

「お前さん、番頭さんを連れてもう一度あの空き店に来ることになっているみたいだな。それはいつだい」

「二、三日のうちには、と覚兵衛さんには伝えましたが」

「それなら三日後にしておけ。そしてもし……いいかい、よく聞いてくれよ。もしその間に、お前さんが妙な夢を見たら、あそこを借りるのはやめるんだ」

「は、はあ。夢でございますか」

「そう、夢だ。もちろん何事もなければそれでいい。だが、少しでもおかしな夢を見てしまったら、考え直した方がいいと思うよ。まあ、話はそれだけだ。呼び止めて悪かったたな。団子まで買ってくれて、ありがとうございました。それではどうぞお気をつけて」

老人はそう言うと、口元に笑みを浮かべた。しかし目は笑っていなかった。

「……そうして私は、首を傾げながら団子屋を後にしました」

徳右衛門は再び話を止めて湯飲みを手に取り、茶を啜った。

「ここのは渋くないですな」

「うん、裏の長屋の飯炊き婆さんが入れた茶はいつもこうだ。ほんの少しだけ色の付いたお湯、と言った方がいいと思うくらい薄い」

そう返事をしながら巳之助は、参太と峰吉の様子を盗み見た。

峰吉を震え上がらせるために参太がこれまで聞き込んできた話は、夢の話ばかりだったと清左衛門から聞いていた。ここでまた夢というのが出てきたが、いったいどんな顔をしているだろうと思ったのだ。

参太は興味深そうな表情をしているが、峰吉の方は案の定、顔をしかめていた。またかよ、と苦々しく思っているのが手に取るように分かる。

まあ確かに他人の夢の話を聞かされるのはあまり面白くないけどな、と巳之助は心の中で頷きながら徳右衛門に訊ねた。

「……それで、どうだったんですかい。三日の間に見たんですかい、妙な夢ってやつを」

「ああ。三日もいらなかったよ。覚兵衛さんに空き店を案内された、その日の晩に見た」

「へえ。どんな夢だったんですかい」

「覚兵衛さんに空き店を案内される夢だ。昼間あった出来事とほぼ同じだな」

「はあ？」

あまり奇妙ではなさそうだが……。

「だけどね、まったく同じというわけではないのだよ。夢の中で裏口を開けると、昼間にはなかった音が聞こえてきたんだ。『ギッ、ギッ』という感じかな。木が軋《きし》むような、あるいは、こすれるような音だ。それが止まらずにずっと続いている。しかし音の出所が分からないんだよ。それに覚兵衛さんは気にしている様子がなくてね。昼間と同じく、表戸を開けてから二階へと上がっていった。私の動きも昼間と同じだ。一階を見回した後、梯子段を上がって二階へ行く。そこで話をして、二、三日のうちには番頭を連れてくると約束して、一階に下りる。そして裏口のところで覚兵衛さんに見送られた。その時に……」

「……この音、何でしょうね」

徳右衛門は戸口をくぐりながら覚兵衛に訊ねた。昼間にはしなかったことだ。

「妙な音がずっとしているのですが」

「儂には何も聞こえませんがね」

背後にいる覚兵衛は戸惑っているような声で返事をした。

「年寄りといえども、まだ耳は達者なんですけどね」

「はあ、左様でございますか。ううむ」

おかしいな、と思いながら、別れの挨拶をするために徳右衛門は振り返った。

「それでは、番頭さんを連れてまた来ますので……」

徳右衛門はそこで言葉を止め、小さく「うっ」と唸った。

戸口のすぐ外に自分は立ち、覚兵衛は板の間の一番手前の端でこちらを見送っている。その覚兵衛の斜め後ろには梯子段が見えている。

そこに、男がいた。こちらに背を向け、宙に浮いている。

いや、違う。浮いているのではない。ぶら下がっているのだ。男の首に縄が巻き付いている。その縄の先は上へと伸びている。

「か、覚兵衛さん……」

多分、男は二階にある、梯子段の脇に設えられた柵に縄を結んだのだろう。そしてもう一方の端を輪にして自分の首を入れ、梯子段の下へと飛び降りた。

「……う、後ろに」

つい先ほどまで、この男の姿はなかった。いきなり現れたのだ。しかし縄がこすれて柵が軋む音はずっとしていた。

きっと男は初めからそこにぶら下がっていたのだ。見えなかっただけで。

「後ろがどうかしましたか」

背後を振り返った覚兵衛は、やはり戸惑っているような口調でそう言った。この年寄りには男の姿が見えていない。

「覚兵衛さん、そ、そこですよ。その梯子段のところに……」

徳右衛門が指差した時、首を吊《つ》っていた男の体が回り出した。ギッ、ギッ、と音を立てながら、ゆっくりとこちらに正面を向けてくる。

「あ……ああっ」

その男の顔を見た徳右衛門は叫んだ。首を吊っていたのは、喜多屋の番頭だったのだ。

「……そこで私は目を覚ましました。いや、飛び起きたと言った方がいいかな。嫌な汗をかいていましたよ。ああ、夢だったのかと一応は胸を撫で下ろしましたが、まだ安心できません。うちの番頭さんは通いで、喜多屋の裏の長屋に住んでいるんですが、慌てて様子を見に行きましたよ。まだ夜中だったんですけどね」

徳右衛門はそこでまた湯飲みに手を伸ばした。だが持ち上げたところで「あれ?」という顔になり、すぐに湯飲みを下ろした。どうやら茶をすべて飲み干してしまったらしい。

「ああ、俺はまだ口を付けていないから、よかったらどうぞ」

巳之助は自分の湯飲みを徳右衛門の方へ差し出した。

「それで、番頭さんはどうだったんですかい」

「ああ、もちろん生きていましたよ。寝ていたところを叩き起こされたので、少しぼんやりしていましたけどね。何事もありませんでした。しかし、あの空き店を借りる気はなくなりましたよ。翌朝、すぐに倅に命じて、覚兵衛さんのところへ断りに行かせました。あんな夢を見たばかりで自分で行くのは怖いし、番頭さんに行かせるわけにも行かなかったのでね。私の話はこれで終わりです」

徳右衛門は、巳之助が渡した茶を一気に飲み干した。聞き終わってみれば、なるほど喉も渇くだろうな、という話だった。よく知っている人間が首を吊っている姿を見るのは、たとえ夢でも嫌なものに違いあるまい。

「まあ、実際に幽霊が出たわけではないので、皆さんの意に沿った話ではなかったみたいですが……」

徳右衛門はそう言うと、板の間の方へと目を向けた。峰吉の顔色を窺ったのだろう。

あいつ、つまらなそうな顔をしているだろうな、と思いながら巳之助もそちらへ目を向けた。すると意外なことに、峰吉は口元に笑みを浮かべていた。目が輝いている。

「おいらは面白い話だと思ったよ。もし徳右衛門さんが嫌じゃなかったら、これから行ってみようよ」

「峰吉……いったいどうしたんだ。お前が興味を持つなんて」

この小僧が目を輝かせるのは、古道具の売り買いで儲《もう》けた時と、好物の鰻《うなぎ》を食いに行く時くらいのはずだ。

「本当にそんな夢を見るのか試してみたくなったんだよ。だからさ、知り合いが蕎麦屋を開く場所を探しているってことで、覚兵衛さんにその空き店を案内してもらおうかな、と。何なら本当に蕎麦屋を開いちゃったらどうかな。場所は悪くないんだから」

「お、お前……俺が首を吊っている夢を見たいのか」

「ああ、でも巳之助さんじゃ首を吊ろうとしても縄が切れそうだな。あるいは、あまりの苦しさに縄を自分で引きちぎっちゃったりして」

「お前ね。縄ってのは丈夫なんだぜ。いくら俺でも引きちぎるなんて」

「巳之助さんならできそうだけどな。ううん……それなら円九郎《えんくろう》さんでどうだろう。店を出させてやるって言えば大喜びするはずだ」

円九郎というのは、この皆塵堂の隣の米屋に住み込んで働いている男である。手が空いた時は皆塵堂の仕事を手伝ってもいる。

元々は安積屋《あづみや》という大きな紙問屋の跡取りだったが、賽銭《さいせん》泥棒をしたり、他人から金をだまし取ろうとしたりするなど、いろいろと悪事を重ねたために勘当された男だ。清左衛門がお目付け役となっているので、この老人が認めない限り安積屋には戻れない。

「うむ、円九郎のやつならいいかな」

巳之助は思わず口に出したが、すぐに「ああ、冗談だ」と取り繕《つくろ》った。真面目な参太と、円九郎のことを知らない徳右衛門が顔を強張《こわば》らせているのが目に入ったからだ。

ちなみに清左衛門は考え込むように首を捻《ひね》っていた。この老人は円九郎に冷たいから、夢に見るだけなら試してみても、などと考えているに違いない。

「ま、まあ、峰吉が珍しく乗り気になっているから、その空き店を眺めに行ってみようか。徳右衛門さん、案内を頼んでいいですかい。それとも、まだ嫌ですかい」

「いや、喉元過ぎれば熱さを忘れるってやつで、今はむしろ、もう一度あそこへ行ってみたいと思っているんだよ。団子屋のご老人も気になるしね。覚兵衛さんと顔を合わせたら気まずいだろうけど」

「ふむ。それなら参太は油屋の手伝いがあるから、後でどうだったか話をするってことで。それから鳴海屋のご隠居は……皆塵堂の店番ですね。峰吉が外に出るわけだから」

清左衛門は仕方なさそうに頷いた。

「伊平次のやつがいないんだから、儂が残るしかないだろう。まったくあの店主は……」

ぶつぶつと呟《つぶや》き始めた清左衛門に目もくれず、峰吉が店の外に飛び出していった。

「それでは、俺たちも行きましょうか」

巳之助は徳右衛門を促しながら立ち上がった。

座敷を出る時に参太を見ると、空いた湯飲みを盆の上に集めていた。大人たちの中に入るとあまり喋らず、小さく縮こまってしまうみたいだが、それでもちゃんと気を働かせる小僧のようだ。巳之助は少し感心した。

三

浅草三間町にある例の空き店の前には、人だかりができていた。

近づくのは難しそうである。しかし背が高く、他の人より頭一つ分くらいは余裕で上に出ている巳之助には、そこで何が行われているのかくらいは見て取れた。

下っ端の役人と思われる者が家の前を塞いでいる。そこに上役と見える羽織を着た男や、町の顔役らしき老人たちが出入りしていた。少し人相の悪い男も目に入るが、これは土地の岡っ引きだろう。

「ううむ、何かあったようだな。泥棒でも入ったのか……いや、空き店なんだから何も盗る物がないか」

ならば人死にでも出たか。しかし殺しがあった、というほどの騒ぎではない。それなら町方の役人がもっと大勢押しかけていてもよさそうだ。上役と見られる町方の役人は一人だけで、その顔には面倒臭そうな表情が浮かんでいる。役人というのはそういうものなのかもしれないが、もし殺しがあったのならもう少し必死さがあってもよさそうだ。

「……ううん、ここからではよく分からないな」

「それなら、おいらが見てくるよ」

小柄な峰吉が人だかりの中に飛び込んでいった。人々の間を縫うようにするすると進んでいき、すぐに姿が見えなくなる。こういうところも器用だ。

「俺たちは少し離れていた方がよさそうだな」

巳之助は後ろにいる徳右衛門に声をかけた。この人は体が大きくないし、峰吉ほどの器用さもないので、ここにいると潰《つぶ》されそうだと思ったのである。

「うむ。しかし、それにしても何があったのだろう」

徳右衛門は目を空き店の方ではなく、違う場所に向けながら後ろに下がった。見ているのは空き店からだと二軒分ほど離れた店の、向かい側だ。

「あそこが、妙な爺さんがいた団子屋かい」

巳之助は訊ねながら背伸びして、中を覗いた。その辺りまで人だかりがあったが、人々の頭越しに老人の顔が見えた。険しい顔で空き店の方へ目を向けている。

その隣に縁台があるらしい。何者かが腰かけているのが分かった。ただ、こちらは座っているので額から上しか見えない。だが、何となく巳之助には、それがよく知っている人のように思えた。

　まさか、と思いながら巳之助はその場で跳びはねてみた。

「ううっ」

「どうしたね、巳之さん」

「さっき皆塵堂で別れた男にまた会ったから驚いたんだよ。あの野郎、用があると言っていたから仕事かと思ったが、なんで団子屋なんかにいるんだ」

　そこにいたのは太一郎である。老人と同様、険しい顔で空き店の方を見つめていた。

「銀杏屋さんが団子屋にいるのかい。皆塵堂から阿部川町に帰る途中でこの人混みを見つけ、どうしたんだろうと眺めているところかねえ」

「いや、あいつはそんな野郎じゃないな」

　太一郎は自分と違い、野次馬根性みたいなものは持ち合わせていない。それに団子好きということもない。

　きっと何か仕事とは別の用があって、あの団子屋にいるのだ。それは空き店や、この騒ぎと関わりがあることに違いあるまい。

　人混みの向こうに見え隠れする太一郎の頭を眺めながら巳之助が考えていると、低い所から「ただいま」という声が聞こえた。見下ろすと、空き家を取り囲んでいる人々の足下から峰吉が這《は》い出してくるところだった。

「お前、よく踏みつけられなかったな」

「たまに蹴られたけど、なんてことはないよ」

「ふうん。それで、あの空き店で何があったか分かったのか」

「うん、前の方にいる人に聞いてきた。どうやら首吊りがあったみたいだよ。もちろん違う場所に住んでいる人だ。わざわざ忍び込んで、あの空き店の梯子段の柵に縄をかけて吊ったらしいね」

この峰吉の言葉を聞いた徳右衛門が、「なんだとっ」と大声を出した。

「まさか……昼間は店に出ているはずだし……いや、それでも……」

徳右衛門は、首を吊ったのは喜多屋の番頭ではないか、と考えているようだ。

「ああ、違うよ。亡くなっていたのは、この近所に住んでいる職人さんだってさ。腕は良かったけど、怪我をしたせいで仕事が思うようにできなくなって、お金も尽きて借金をこさえ……それで周りの人に『死にたい』って漏らしていたらしいよ。同じ長屋に住んでいる人たちなんかは気にして、ちょくちょく様子を見に行っていたみたいだけど……」

「そ、そうか」

徳右衛門は、はあ、と大きく息を吐き出した。

「それはよかった……ああ、いや、そんなことを言ってはいけないな。その職人さんは本当に気の毒だ。しかし、うちの番頭さんではなくてほっとした、というのも事実だよ。もしあの団子屋の老人が私に何も言わなかったら、あんな夢を見たとしても、あの空き店を借りていたかもしれない。そうなると、首を吊っていたのはうちの番頭さんだった、なんてことになっていたかも……ううむ、これは考えすぎか」

「さて、どうでしょうかねえ」

案外と当たっているかもしれない、と思いながら巳之助は再び団子屋へと目を向けた。

「それについては、太一郎に聞いてみるのがよさそうだ。やけに渋い茶ってやつを飲みながら」

「えっ、太一ちゃんが団子屋にいるの?」

峰吉が再び人混みの中に姿を消した。

それからすぐに、縁台に座っていた太一郎がびっくりした顔で立ち上がるのが人々の頭越しに見えた。峰吉が団子屋に着いたらしい。

今さら驚くことではないが、本当にすばしっこい小僧だな、と巳之助は思った。

「……世の中には、どういうわけか店が繁盛しない場所ってのがあるんだ」

太一郎はそう言うと、団子屋の婆さんが持ってきた茶を啜った。苦々しい顔をしているのは、渋い茶のせいだけではなさそうだ。

「店を出すのに適していないわけではない。人通りはあるし、周りの店には客が入っている。それに店主の商売が下手ってこともない。愛想も、仕事の腕もいい。食い物屋なら美味《うま》いものを出すし、何か物を売る店なら、質の良い品物を並べている。しかし、なぜか客が入らない」

「ふうん」

話を聞きながら巳之助も茶を啜った。なるほど、渋い。思わず団子を口に入れたくなったが、それは峰吉にやってしまっていた。

「なあ、太一郎。そういう所には幽霊がいるのかい」

「必ずしもそうとは限らないよ。周りの店がやっている商売との兼ね合いとか、日当たりが少しばかり悪いとか、ちょっとしたことで客の入りは変わってくる。だけどね、どう考えても分からない場所ってのはある。そういう所には……」

「いるのか。これが」

巳之助は両腕を体の前に出すと、手首の先をだらりと下げた。もちろん幽霊を表している。

「あからさまに出てくることはほとんどないね。何となく嫌な感じがするとか、家鳴りのような物音を立てるとか、その程度が多い。ああ、それから奇妙な夢を見たりもするかな」

「ああ……」

巳之助は徳右衛門と顔を見合わせた。あの空き店は「そういう所」だったらしい。

「ここだけじゃないぞ。俺が知っているだけでも江戸にいくつもあるよ。神田の三島《みしま》町《ちょう》に、松枝町《まつがえちょう》。それから下谷山崎町《したやまざきちょう》。それと京橋や八丁堀に近い……ええと、あそこは因幡町《いなばちょう》だったかな。まああそこは大して強くないけどさ。それらの町にも、そういう所はある。だが困ったことにさ、必ずしもみんながみんな、何かを感じるわけじゃないんだ。平気な人の方が多いんじゃないかな。だけど商売はうまくいかないから、半年か一年で他の場所へと移ってしまう。だからあの空き店は入れ替わりが激しいんだ。でも、そんな人たちはまだ運がいいんだよ。悪くすると、首を括《くく》ることになるからな。あの空き店ではこれまでに三人ほど死んでいる。ああ、今日で四人に増えたか。今度の人はあそこで商売をしていたわけじゃないけど、心が弱っていたから呼び寄せられたのだろう」

「そんな場所、貸し出さない方がいいんじゃないか」

巳之助は顔をしかめた。

「うむ、俺もそう思う。でも言ったように、死なずに出ていく人の方が多いんだ。それに今言ったように幽霊がはっきりと出てくるわけでもない。そうなるとさ、家を貸すのを止めることはできないだろう。俺の方が差配人さんの邪魔をすることになっちまう。見えない人に『幽霊が出るから貸すのはやめろ』とは言えないよ。嫌がらせをしているように思われる」

「ああ、そうか……」

覚兵衛とかいう差配人の立場もある。なかなか難しい。

「と、いうことは、太一郎には見えているんだな。あそこの空き店にいるやつが」

「むろん俺には見えてるよ。初めに死んだやつが元凶だね。その人の場合はただ商売が下手なだけだったが、借金を重ねてどうしようもなくなり、首を吊った。そしてあの家に取り憑いて、後から商売を始めた人たちの邪魔を始めた。時には仲間にすることもある。俺は前にあの空き店の中を覗いたことがあるんだが、梯子段の柵から三人並んでぶら下がっていたよ。今日からは四人になるかな」

「ううむ……やはりどうにかした方がいいと思うんだが」

「俺にできることはやっているよ。あの空き店については、この団子屋の爺さんに見張りを頼んでいる。その手のものを感じやすい人は、あそこに行くと妙な夢を見ることが多いみたいなんだ。だからあの空き店を借りようとしている人を見かけたら、妙な夢を見たらやめるよう告げてもらっているんだよ。もちろんそれでも安心できないけれどね」

「太一郎、お前……裏でこそこそと、そんなことをしていたのか」

「こそこそって何だよ。大っぴらには動けないから、こっそりやっているのは事実だけどさ。言い方を考えてくれ」

「ああ、すまなかった。お前も大変だな」

「見えちまう者の務めだと思って、諦めているよ」

お前が背負う必要はないのだから放っておけばいいのに……と思ったが、巳之助は口に出さなかった。太一郎の性分を考えると、それは無理に違いない。

「……しかし、銀杏屋の仕事だってあるだろうに」

「そっちは番頭の杢助《もくすけ》さんがしっかりしているから平気だ。それにこうして方々を歩き回っていると、意外な大物と出会うこともある。ここの爺さん……隠居した後で団子屋を開いたそうだが、実は大きな呉服屋の旦那だった人なんだよ」

「え、そうなのか」

巳之助は、腕組みをして団子屋の前に立ち、あの空き店をじっと睨みつけている老人の後ろ姿を見た。言われてみると貫禄があるような気が……しなかった。人は見かけによらないものだ。

「立派な壺とか皿とか、そういう物をたくさん持っている人だった。その中でいらない物を、いくつかうちの店で買い取らせてもらったよ。そんな感じで、俺の商売の役にも立っているかな。もちろん滅多に出会うことはないけどね」

太一郎はそう言うと、また苦々しい顔をしながら茶を啜った。

「まあ、別に金持ちと出会うためにやっているわけじゃない。そういう所に関わらなければ死なずに済む人を助けられたら、それに越したことはないと思ってやっていることだ。だけど今回はしくじってしまった。まさかわざわざ忍び込んで首を吊る人がいるなんて考えもしなかったよ。甘かったな」

太一郎は小さく首を振った。こちらの声が聞こえているらしく、団子屋の爺さんも同じような仕草をしている。

「仕方ないよ。亡くなった人は気の毒だけどさ。それで太一ちゃんが気に病むことは少しもないと思うよ」

気楽そうな声が聞こえてきた。そちらに目を向けると、峰吉が経木に包まれた物を持って立っていた。多分、中身は団子だろう。徳右衛門にねだって買ってもらったに違いない。

「他にも江戸には、ここみたいな所があるんでしょう。次は助けられたらいいね」

「峰吉、太一郎を励ましているのは分かるが……俺や円九郎をあの空き店に住ませようと考えたことを忘れたみたいだな」

「ちゃんと覚えてるよ。巳之助さんはともかく、円九郎さんについては今でもそう思ってる。何となく、あの人は平気な気がするから。だけど、さすがに覚兵衛さんもしばらくは空き店のままにしておくだろうな。それよりさ、今回のことを参ちゃんにどう伝えるかが難しいよね。本当に首を吊った人がいたよ、なんて言ったら参ちゃんが怖がって、眠れなくなっちゃうかもしれない」

どうしようかな、と呟きながら峰吉は首を傾げている。巳之助は、こいつは優しいんだか碌《ろく》でもないんだか分からない小僧だな、と思いながらその様子を見守った。

逃げ道

一

参太が手習から戻って家のある通りに入ると、一人の男が腕組みをし、こちらの方を睨《にら》みつけながら立っていた。

ちょうど参太が住む油屋と、向かいの皆塵堂との間である。二十歳《はたち》過ぎくらいの年の男で、あまり人相がいいとは言えなかった。

参太は立ち止まり、どうしようかと悩んだ。もちろん横を通り抜けるくらいの間は余裕であるが、男に声をかけられたら嫌だからだ。

その男のことを、参太は前々から知っていた。今では違う土地で働いているが、元々はこの近所に住んでいたからである。

その頃、そいつは碌《ろく》に働きもせず、若い娘の尻を追いかけてばかりいる、近所の鼻つまみ者だった。それで周りの者は、馬鹿にする意味を込めて、男のことを「遊び人の茂蔵」と呼んでいたのだ。

しかし茂蔵は、その呼ばれ方を喜んでいたらしい。なるほど、馬鹿である。

――ううん、どうしようかな。

あまり近づきたくない。いつもは表側から家の中に入っているが、今日は裏口に回ろうか。そう思っていると、参太を見つけた茂蔵が手招きを始めた。

思わず参太は、「えっ、おいらですか」という風に、目を見開きながら自分の顔を指差した。違ってほしいと願ったが、参太の様子を見た茂蔵が何度も頷《うなず》いている。

太一郎や巳之助ほどではないが、茂蔵もたまに皆塵堂に来る男だ。だからこれまで何度も顔を合わせたことがあるが、言葉を交わした覚えはない。参太の方は黙って会釈をし、それに対して茂蔵が「おお」とか「よう」などと言うだけである。

――あの遊び人の茂蔵さんが、おいらに何の用だろう。

呼ばれてしまっては仕方がない。参太はおっかなびっくり近づいていった。

「こ、こんにちは、茂蔵さん」

とりあえず挨拶《あいさつ》すると、茂蔵は「おう」と答えた後で腕を前に伸ばし、指を三本立てた。

「皆塵堂の向かいの店の水撒《ま》き小僧……いや、参太だったか。先陣を切ってくれてご苦労だったな。まったく歯が立たずに討ち死にしたようだが」

「は、はあ……」

参太は首を傾げた。茂蔵が何を言っているのか、まったく分からない。

「続いて巳之助さんが第二の矢として戦ったが、力及ばず、やはり討ち死にして果てた。そうして次に声をかけられたのが、あっしというわけだ。つまり、第三の刺客ということだな。鳴海屋の大親分から任された以上、どんな苦難が待ち受けようと、必ず我らが宿敵である峰吉のやつを討ち取る覚悟でいるから、参太も大船に乗った気持ちで……」

「くぉら、茂蔵っ」

皆塵堂の中から大声が聞こえた。目を向けると、一匹の鬼が……いや、鬼のような形相をした巳之助が、店土間に積まれている桶《おけ》や笊《ざる》などを倒しながら、こちらへと向かってくるところだった。

「み、巳之助さん。奥の座敷で鮪助と遊んでいたんじゃなかったんですかい」

「鮪助のやつは遊びに飽きたみたいで、ぷいと表へ出ていっちまった。それよりてめえ、誰が討ち死にして果てたってんだ」

「す、すみません。聞こえてないと思って」

茂蔵は脱兎《だっと》のごとく逃げ出した。それを巳之助が追いかけていく。どちらも驚くほど足が速く、あっという間に姿が見えなくなった。

「ええと……」

おいらは家に帰っちゃっていいのかな。そう悩んでいると、「参ちゃん」と声をかけられた。峰吉が皆塵堂から出てきたのだ。

「おかえり。喜六さんにはもう伝えてあるから、手習の道具を置いたらすぐにうちに来てよ。なんかさ、幽霊が出そうな場所を茂蔵さんが知っているらしいんだ。どうせ大した話じゃないと思うけど、せっかくだから聞くふりくらいはしてあげようよ」

「ふうん。次は茂蔵さんなんだ」

参太は顔をしかめた。

「おいら、あの人のこと、ちょっと苦手なんだよね」

「茂蔵さんが得意な人なんか世の中にいないよ。まあ、あえて言うなら巳之助さんくらいかな。だけど、以前の茂蔵さんのことを思い描いているだけなら、考えを改めた方がいいと思うよ。今では大黒屋《だいこくや》っていう小間物屋《こまものや》で真面目に働いているし、巳之助さんの弟分にもなって『遊び人』を返上したから」

「ふうん……そういえば、鳴海屋のご隠居様のことを大親分って呼んでいたな」

「茂蔵さんは巳之助さんの弟分だ。そして巳之助さんと太一ちゃんは幼馴染《おさななじみ》で、茂蔵さんに言わせると二人は兄弟分ってことになるらしい。で、太一ちゃんはこの皆塵堂で働いていたことがあるから、うちの店主は親分ってことになるんだって」

「伊平次さんがねえ」

参太は皆塵堂の中に目を向けた。巳之助が桶や笊を崩していったので、奥の座敷まで見通せる。そこには清左衛門が手持ち無沙汰《ぶさた》な様子で座っていた。どうやら今日も伊平次は釣りに行って留守のようだ。

「それで、鳴海屋のご隠居様はうちの家主だろう。つまり店主より偉い人だ。それで茂蔵さんは、ご隠居様のことを大親分と呼んでいるんだよ」

「ご隠居様は怒らないのかい」

「文句を言っているけど、茂蔵さんは改める気がないみたいだな。まあ、参ちゃんも茂蔵さんと少しくらいは話をしてみなよ。今の茂蔵さんは決して怖い人ではないから。話をしたら参ちゃんも、茂蔵さんがただの間抜けな人だということが分かると思うよ」

「ううん、遠慮しておくよ」

参太は首を振った。巳之助や茂蔵のような男と平気で話し、時には憎まれ口まで叩《たた》く峰吉のようには、とてもなれない。元々、年上の人と喋《しゃべ》るのは苦手なのだ。清左衛門や、長屋の大家の利兵衛といった年寄りが相手ならわりと平気だが、若い人、特に茂蔵のようにちょっと怖そうな人だと言葉がうまくでてこない。

いずれは油屋を継ぐつもりだから、いろいろな客と話せるようにならなければいけないのは分かっている。しかしいきなり茂蔵を相手にするのは厳しい。まずは太一郎のような、穏やかそうな人から慣らしていきたいと思っている。

「うん、まあ無理にとは言わないけどさ。それより参ちゃん、すぐに荷物を置いてきてよ。徳右衛門さんが昼前に顔を見せてね。この間は手ぶらで来てしまったから、と言って梨を置いていったんだ。巳之助さんと茂蔵さんが戻ってくる前に食べちゃおう」

そんなことをして、後で二人にばれたら何をされるか分からない。怖いからやめた方がいいのではないか、と参太は思った。しかし梨のような水菓子を口に入れられるなんて、自分にとっては滅多《めった》にないことだ。

鳴海屋の大親分……いや、ご隠居様が睨みを利かせているから平気だろう。そう思い直し、参太は急いで荷物を置きに行った。

二

「と、いうことで巳之助さんから役目を引き継ぎ、第三の刺客を仰せつかった茂蔵でございます。ここからはあっしが取り仕切らせていただきます。必ずや峰吉のやつを震え上がらせ、参太と巳之助さんの無念を晴らす所存でございますので、皆々様、どうかお引き立てのほど、よろしくお願い申し……」

「おい、茂蔵。余計な口上は述べなくていいから、さっさと怖い話をしなさい」

清左衛門がいらいらしているような口調で言った。

「えっ、しかし、まずこうやって挨拶するのが決まりだと……」

茂蔵は慌《あわ》てて巳之助へ目を向けた。にやにやしながら梨を食っている姿が目に入る。どうやら騙《だま》されたらしい。

ちなみにもう食べてしまったが、茂蔵も梨は貰《もら》えている。だが、なぜか他の者より少なかった。

「いいかね、茂蔵。峰吉に幽霊を見せて怖がらせようというのは、参太が始めたことだ。しかし手習や油屋の手伝いで忙しい身だから、お前が代わりになる、ということなのだよ。だから参太と峰吉の二人、つまり子供にも分かりやすく話をするように」

「は、はあ……」

茂蔵は、今度は座敷の隅にいる参太へと目を向けた。背中を丸め、前歯でかじるようにして梨を食っている。まるで鼠《ねずみ》だ。きっと滅多に食えない物だから、そうやって少しずつ口に入れているのだろう。それは別に構わないが、梨に夢中でこちらの話をあまり聞いていないような気がする。

続いて茂蔵は後ろを振り返り、板の間にいる峰吉を見た。古道具の修繕《しゅうぜん》をしているので、目は手元に向いている。しかし峰吉は、そうしていながらもしっかりと聞いているに違いない。だが、喋りにくいのは確かだ。

「ううむ……」

結局は清左衛門と巳之助を相手に話すことになるが、気をつけないといけない。この二人と峰吉は分かっているはずだからと油断して、参太が知らないようなことまで端折《はしょ》ってしまう、ということもしかねないからだ。もしそんなことをしたら、清左衛門からは文句が、巳之助からは拳骨《げんこつ》が飛んでくる。これは厳しい。

「……ええと、それでは、初めから話しましょうか。あっしは今年の春頃、怪しい祠《ほこら》を開けてしまったために、そこに納められていた女の髪の毛に襲われるという、恐ろしい目に遭いました。昔からの友人と一緒に花見をした後で、一人で帰っている途中のことだったのですが、今回の話はその友人のうちの二人と関わりがあることでございます。一人は寅七《とらしち》と言いまして、竪川《たてかわ》沿いにある本所林町《ほんじょはやしちょう》で仕立屋をしている家の倅《せがれ》でして……」

茂蔵はそこで少しの間、言葉を止めて考えた。参太くらいの年なら、子供といえども仕立屋が何であるかは知っているはずだ。しかし自分の家でやったり、知り合いに頼んだりすることも多いので、知らないということも考えられる。清左衛門に文句を言われるかもしれないから、念のため説明した方がいい。

「……ご、ご存じの通り、仕立屋というのは着物や帯などを縫う仕事です。呉服屋や太物屋で売っているのは反物ってやつで、長い布をくるくると巻いた物だ。それを着物の形にするのが仕立屋というわけです。寅七はそういう店の倅でしてね。いずれは家業を継ぐことになるので、今は懸命に仕事を覚えているところでございます」

「ふうむ。お前の友達にしては随分とまともだな」

清左衛門が口を開いたので、茂蔵はびくりと体を震わせた。しかし文句を言ったわけではなさそうなのですぐに胸を撫で下ろした。説明を入れたのは悪くなかったようだ。

「え、ええ。きちんとしたやつでございますよ、寅七は」

決してそんなことはないのだが、茂蔵はそう言って頷いた。

「そ、それから、もう一人の友人は染次《そめじ》という名でございましてね。こちらは神田の橋本町《はしもとちょう》にある下駄屋《げたや》の倅です。ああ、下駄というのは足に履《は》く物で……」

「おい、茂蔵。下駄くらい誰だって知ってるよ。さっさと話を進めなさい。参太はこの後、店の手伝いをしなければならないんだからね」

「へ、へい」

茂蔵は首をすくめた。加減が難しい。

「染次のやつも、家の仕事を手伝っています。それでですね……」

「ああ、ちょっと待った」

巳之助から声がかかった。

茂蔵は、先ほどよりも大きく体を震わせた。清左衛門だと叱られるだけで終わるが、巳之助の場合はそれだけでは済まないからだ。

「な、なんでしょう」

「寅七ってやつは本所林町、染次の方は神田の橋本町だと言ったな。今は家業を手伝っているってことは、ずっとそこに住んでいるのだろう。そして茂蔵、お前は元々、この皆塵堂がある亀久町の近くに住んでいた。互いの家が随分と離れているが、そんな三人がどうやって知り合ったんだ。昔からの友人ってことだが」

「へ、へい、それは……」

さっき清左衛門から「お前の友達にしてはまともだ」と言われたばかりなので気が引けるが、話を進めていけば分かってしまうことだから正直に告げてしまおう。

「……ご存じのように、あっしはこの辺りでは鼻つまみ者でした。ある時、近所の者から相手にされないので一人でぶらぶらしていたら、向こうから似たようなやつが歩いてきたんですよ。それが寅七でした。染次とも、やはりそんな感じで知り合ったというわけで」

「つまりお前と同じような、寂しい遊び人だったたってわけだ」

「ええ、まあ。ああ、でも今は二人とも、それなりに真面目に働いていますよ。遊びに行くことも多いけど、一応は親から許しを貰っていますし」

「そのあたりもお前とそっくりだ。うん、なるほど。寅七と染次がどういう人間か分かったよ。話の腰を折って悪かったな。続けてくれ」

「へい……」

殴られずに済んだ。良かった。

「……その寅七と染次に、あっしが髪の毛に襲われた話をしたんですよ。そうしたら二人とも大笑いしましてね。まったく信じようとしない上に、お前は臆病だと言うんです。これには腹が立ちましてね。いつか目に物を見せてやるぞ、とあっしは心に誓いました。ええと、ここまでが前置きなのですが……参太と峰吉、どこかに分かりにくいところはあったかい」

念のため茂蔵は訊いてみた。背後から「別にないよ」という峰吉の声が聞こえてきた。参太は無言で首を振っている。

「それなら続きを話しますぜ。それから半年ほど経った、ついこの間のことだ。あっしは勤めている大黒屋の店主の益治郎《ますじろう》さんに命じられ、染井村《そめいむら》へと出かけたのです。店のお得意様のお供ということでした。染井村の辺りは植木屋がたくさんありますでしょう。今は特に菊が綺麗な時季だから、その見物に行ったんです。まあ、あっしはただの荷物持ちでしたけど。その上、染井村に着いたらお得意様に『じゃあ帰る時分になったらまた来てくれ』と言われ、放り出されてしまって」

得意客は染井村の植木屋に懇意にしている者がいたので、その庭先を借りて菊を見ながら飲み食いし、夕方前には帰路につく、という考えでいたのだ。茂蔵は、ただ弁当を運ぶだけの役目で呼ばれたらしかった。

「いったん大黒屋に戻ろうかと考えましたが、それだと中途半端なんですよ。染井村に着いたのが昼前で、夕方前には帰るからまた来いという。それだと大黒屋に戻っても、すぐにまた引き返すようになってしまうんです。それで、空きっ腹を抱えながらあの辺りをうろついていたのです。そうしたら、雑木林の中にぽっかりと空いた草原があって、そこに一軒の空き家があるのを見つけましてね。それがもう、いい感じに荒れ果てていて……」

家の周りには丈の長い草が伸び、藁《わら》葺《ぶ》きの屋根には大きな穴が開いていた。雨戸も朽ちて、何枚かが外れている。出入り口の腰高障子は辛うじてまだ敷居に載っていたが、障子紙はすべて破れ、腰板にも穴があって向こう側が見えていた。

「そこを見た途端、ここだ、と叫びましたよ。あっしのことを臆病だと笑った寅七と染次を連れてこようと考えたんです。つまり、肝試しだ。さすがに幽霊が出るなんてことはないでしょうが、それでもこんな不気味な空き家に入ったら、あの二人でも怖がるに違いありません。そうしたら笑ってやろうと思ったんです。善は急げと言うから、帰りの荷物持ちの仕事を終えたら、すぐに二人の家を回って約束を取り付けましたよ」

「うん？」

巳之助が少し首を傾げ、やや片目を細めて茂蔵の顔を見た。何か腑《ふ》に落ちない点があるようだ。これは怖い。

「な、なんでございましょう……ああ、あっしはちゃんと益治郎さんに断ってから二人の家に行きましたからね。もちろん肝試しに行くことも許しを得ています」

「うん、それは別にいい。益治郎さんに対して、ちょっと茂蔵に甘いんじゃないかという思いもあるが、あの人はうまく手綱を締めたり緩めたりしているようだから文句はない。お前みたいな人間を使うのは難しいからな。気になったのはそこではなくて……なあ、茂蔵。お前は当然、その時に空き家の中に入ったんだよな」

「え……いや、その……」

真っ昼間ではあったが、一人で入るのは怖かったので、少し離れた所から眺めただけである。

「なあ、茂蔵。下見ってのは大事だぜ。そういう荒れ果てた空き家だと、雨風にさらされて根太とか床板が腐っていることがあるからな。うっかり踏み抜いて怪我をする、なんてことになりかねない。ああ、危ないのは家の中だけじゃないぞ。釘の飛び出た板切れが落ちていたりするから。お前はそんな所へ友達を連れて肝試しに入るんだ。危なくはないか確かめるのは当たり前のことなんだよ。さて茂蔵、改めて訊くが、お前はその時、しっかりと下見をしたんだよな」

「……すみません」

茂蔵が謝ると、巳之助は拳《こぶし》を握り締めながら腰を浮かした。

「ああ、待ってください。確かにあっしは、あまりよく見ずに帰ってしまいました。しかしですね、ちゃんと分かっているのですよ。空き家の中がどんな風になっているのか」

「ああ？　お前は天狗か何かなのか。入らずに中の様子が分かるはずないだろう。太一郎だってそんなことは……ああ、あいつはたまに見えちまうことがあるか。だがお前は違う。茂蔵ごときにそんなことが……」

「できちまったのです。あっしが望んだことじゃないんですけどね。さあ、ここからいよいよ怖くなりますよ。ぼんやりせずに、よく聞いてくださいね」

茂蔵はここで間を取った。清左衛門と巳之助は「早く話せ」というように顔をしかめただけだが、参太は少し身を乗り出してくれた。素直な小僧だ。

背後にいる峰吉は見るまでもないだろう。まったく表情を動かさずに古道具の修繕を続けているに決まっている。だが、それでいて誰よりも細かいところまで聞き漏らさずにいる小僧であることは分かっている。

「それではお話しします。空き家を見つけ、寅七と染次にそこで肝試しをしようと告げた、その日の夜のことです。あっしは、何とも恐ろしい夢を見たのでございますよ」

「ううん……」

清左衛門と巳之助、そして驚いたことに参太までもが不満そうな声を漏らした。背後からは舌打ちが聞こえた。

「え、ちょっと皆さん、どうしたっていうんですかい」

「いや……また夢の話なのかと思ってね」

清左衛門が大げさに思えるくらい肩を動かして、はあ、と深いため息をついた。

「もしかして、巳之助さんのも夢の話だったんですかい」

「俺じゃなくて猫好き仲間の徳右衛門さんの話だったけどな。その通りだよ。それから参太のも夢に関わる話ばかりだったらしいぜ」

「うわあ……」

二番煎《せん》じ、いや三番煎じになるのだろうか。とにかく似たような話が続いてしまっているようだ。前もって参太や巳之助の時のことを詳しく聞いておけばよかった。これでは不満の声が上がるのも仕方あるまい。だが……。

「……皆さんががっかりするのも分かります。ですけどね、あっしの話はこれまでで一番怖いはずです。間違いありません。これを聞いた参太が小便を漏らすんじゃないかと心配になるくらいだ。先に厠へ行っておいた方がいいかもしれない」

「ほほう。随分と自信がありそうだね」

清左衛門が疑わしげに眉をひそめながら言った。

「怖くなかったら、お前が小便を垂れ流すような目に遭うけどな」

巳之助が腕組みをしながら言った。ただでさえ厳つい顔をしかめているので、まるで鬼の親分のように見える。あまりの恐ろしさに茂蔵は小便を漏らしそうになった。

参太は黙っているが、どことなくそわそわしている様子だ。本当に厠へ行っておくべきか迷っているのかもしれない。まったく素直だ。

「まあ、そこまで言うなら聞いてみようか。これまでのように分かりやすい話を心がけるように。いいかね、茂蔵」

「そりゃあもう」

茂蔵は清左衛門に向かって軽く頭を下げると、大きく一つ咳払いをしてから口を開いた。

「……それでは続きを話しますぜ。どんな夢を見たかというと、肝試しをしているところなんですよ。場所はもちろん、あの空き家です。あっしと寅七、染次の三人が出入り口の腰高障子へと近づいていくところから夢は始まりました」

家の周りは草ぼうぼう、屋根に穴が開き、雨戸が何枚か外れている。昼間、実際に見たのとまったく同じである。当然、腰高障子の様子も変わらない。障子紙はすべて破れて桟《さん》しか残っていないし、下の腰板にも穴があって向こう側が見えてしまっている。

「三人は戸の前に立ちました。そこを開けたのはあっしです。がたがたと大きな音を立てる、今にも外れそうな戸板をなんとか動かしましたよ。肝試しをしようと言い出した人間ですからね。あっしはそのまま先頭に立って戸口をくぐりました。怖さなんか少しも感じてはいません。足取りは堂々としたものです。むしろ寅七と染次の方が怯《おび》えているみたいでしてね。なんだこいつら、あっしのことを臆病だと言ったくせに、人のことを馬鹿にできないじゃないか、と心の中で笑いながら、悠々と空き家の中を見回しました。外れてしまった雨戸から日の光が入ってくるので、中は案外と明るくて……」

「なんだ、昼間なのか」

背後で峰吉がぼそりと言った。馬鹿にしたような口調だった。

「肝試しなんだからさ。夜中なのかと思っていたよ」

「うっ……いや、ほら、ゆ、夢だろう。だからさ、実際に昼間見た時の空き家がそのまま出てきたんだと思うぜ。多分、見つけたのと同じ昼過ぎ頃だろう」

「まあ別に昼間でもいいけどさ、せっかくだから方角とかも入れて空き家の様子を喋ってよ。出入り口がどっち側で、雨戸があるのはこっちで、とか。その方が分かりやすいから」

「そ、そうかい」

やはりこいつはやる気がなさそうに見えても、しっかりと聞いている小僧だった。

「ええと、日が差しているのは南側で、それが左手に見えたから、あっしたちは東側にある戸口から入ったことになります。まずは土間が広がっていました。そこを上がると、やはり広めの板の間だ。幅は四間といったところかな。その向こう側に部屋があるわけですが、襖《ふすま》は取り外してどこかに持っていっちまったらしく、柱しか残っていませんでしたよ。もちろん畳もありません。だからどこも床板しか残っていないんだが、柱や敷居から考えると、出入り口側から見て部屋が二つ、横に並んでいたみたいでした」

それぞれ、幅が二間、奥行一間半の部屋だった。畳を敷いたとしたら六畳間が二つということになる。

「雨戸が外れて日が入ってきているのは南側の部屋になります。その向こうは壁でした。で、北側の部屋の向こうには小さめの土間があって、その先に裏口の戸が見えました。やはり腰高障子で、すべての障子紙が破れて桟しか残っていない。だからその先にある雑木林が見えました」

裏口がある土間の横に板戸があった。多分、小さな物置みたいなものがあるのだろう。南側の部屋の壁の向こう側に当たる場所だが、そこは最後まで覗かなかった。

「まあ、家の中の様子はそんな感じでしたかね。ああ、もちろん平屋で、二階はありませんよ。それですべてです」

厠は外にあると思われる。しかし昼間、実際に行った時も、そして夢の中でも見ることはなかった。家の北側か、あるいは西側の、陰になっていた所にあるのだろう。

「で、あっしはそこに先頭で入っていったわけですが、ちゃんと床板の様子を確かめながら進みました。いいですかい、巳之助さん。ここは大事ですぜ。あっしはちゃんと床板を確かめながら……」

「どうでもいいことを繰り返すんじゃねえよ。そもそも話しているのは夢の話だろうが。本物の空き家の中と違うかもしれないじゃねえか」

「いやあ、妙に生々しい夢でしたからねえ。あの空き家とまったく同じに違いない、とあっしは思うのですが……まあ、とにかく慎重に足を進めて、あっしと寅七、染次の三人は北側にある部屋の真ん中辺りまで行きました。そこで立ち止まり、家の中を見回したのです」

何も置かれていない、がらんとした家の中だ。見通しはいいし、明るい昼間ということもあって、朽ちているとはいってもさほど不気味さは感じられなかった。

「ところが……」

「ああ、ちょっと待ってよ」

また峰吉から声がかかった。

「その部屋には窓はないってことでいいのかな。北側の外はまったく見えないってことで」

「いや、そっちには上げ庇《びさし》の窓があった」

分かりやすく話せと言われているので、茂蔵は詳しく説明することにした。

「ええと、北側にも窓が切ってありましてね。格子として木の棒が嵌《は》められ、その向こうに板がぶら下がっていました。風で揺れていたので、釘を打ち付けて塞《ふさ》いでいるわけではありません。多分、その板の上側には蝶番《ちょうつがい》が取り付けてあるのでしょう。上げ庇ってやつです。開ける時は板を棒で押し上げてから、その棒を窓枠の下に嵌める。そうすると板はそのまま庇になるわけだ。まあ、商家の二階の窓なんかでたまに見るから、この上げ庇のことは分かるでしょうが……」

話しながら茂蔵は参太を見た。頷いている。

「……ただ、そこら辺の商家とは違い、格子として嵌められている棒がほとんど外れていましたけどね。その気になれば、そこからも出入りができそうでしたよ」

窓が切ってあるのは茂蔵の肩くらいの高さだった。窓の横幅は一間ほど、縦は二尺くらいだ。だから窓枠に手をかけて、よっこらしょ、と跳び上がれば、そこを通り抜けることはできる。もっとも他に悠々と通れる出入り口が三ヵ所もあるのだから、そんなことをする必要はないが。

「北側はそんな感じでした。それで……三人が部屋の中で立ち止まったところまで話しましたっけね。あっしたちはそこで向かい合ったんです。先頭を行っていたあっしは振り向く形になったので、入ってきた東側の戸口が目に入ります。寅七はあっしの左側にいて、南側へ顔を向けていました。一番後ろにいた染次はそのまま立ち止まったので、あっしがいる方、つまり西側にある裏口の方を見ている。そこで三人で、何もないからそろそろ出ようか、みたいなことを話している時、あっしは気づいたのです。東側の戸が閉まっていることに」

入ってきた所なのだから、開いているはずだ。染次がわざわざ閉めるわけがないし、そもそも音がしなかった。

「どうです、怖いでしょう」

「本当に起こったことならともかく、夢の話だからなあ」

巳之助が呆《あき》れたような口調で言った。

「別に怖くはないな」

「ええ、まあ、そうでしょうね。だけど夢の中のあっしは驚き、どうしてだろうと考えながら閉まっている腰高障子を見ていました。すると今度はその戸の、破れた障子の向こう側をひょこひょこと子供の頭が通り過ぎていったのです。見えたのは頭の先だけでした」

かなり背が低いので、年は三つか四つくらいの子供だろう。女の子のように思えた。

「しかしですね、すでにお話ししたように、その腰高障子の腰板には穴が開いているのです。子供が通ったのなら、ほんのわずかでもそこから体が見えたはずだ。ところが、あっしの目に入ったのは頭だけだったのです」
　つまり体がなかった、ということだ。
「あっしは口をあんぐりと開け、目を丸くしながら呆然《ぼうぜん》と戸を見続けました。すると
また、子供の頭が通り過ぎたのです」
　これは男の子のように感じた。しかし見えたのはやはり頭の先だけで、腰板の穴に
は何も通らなかった。
「すぐにまた、今度は反対側から子供の頭が現れ、通り過ぎていきました。どうやら
東側の戸の向こうで、頭だけの子供が二人、追いかけっこをしているみたいなので
す。あっしは震え上がりましたよ。すぐに逃げなきゃいけない、だけどあの戸口から
は外に出られない。そう思いましてね。寅七と染次に、『裏口から出よう』と告げた
のです。ところがこれに染次が反対した。『いや、別の場所からがいい』と言うので
す。染次は東側の戸口を背にしているわけだから、子供の頭を見ていないはずなので
すが、怖がっているような感じでした。それであっしは、『それなら南側から出る
か』と提案しました。すると今度は寅七が、『それは駄目だ』と言いました。目はじ
っと南側の、外れた雨戸の方を向いていましてね。やはり何かを恐れている雰囲気が
ある。で、そうなったら出る所は一つしかありません。あっしと寅七、染次の三人

は、一斉に北側の、上げ庇の窓へと目を向けました。もちろん、その向こうにも何かいる……と考えなかったわけではありませんよ。だけど試しに板を押し上げてみたら、草原が広がっているだけでした。で、それならここから出ようか……となったところで目が覚めたのです」

ようやく夢の話が終わった。茂蔵は、はあ、と大きく息を吐き出した。分かりやすく、などと言われたためにかなり気を遣《つか》い、疲れてしまった。

「なるほど、ここまでの話はよく分かった。確かに頭だけしか見えない子供がひょこひょこと通り過ぎていったら、ちょっと嫌かな」

巳之助が腕組みをしながらそう言った。

「しかし所詮《しょせん》、夢の話だ。肝心なのは本当に空き家を訪れた時にどうだったか、ということだな。きっと何かあったのだろう。さあ、茂蔵、続きを話してくれ」

「……これで終わりですけど」

「ああ?」

巳之助が拳を握り締めて片膝《かたひざ》を立てた。

「てめえ、怖気《おじけ》づいて肝試しをやめたのか」

「ち、違いますって。空き家に行くのは明日なんですよ。寅七も染次も、今は一応、真面目にやっていますけど、元々遊び人だったせいで、なかなか親から許しが出ないんです。で、ようやく明日の昼間なら行けるってことになりましてね」

「やっぱり昼間なんだ」

また馬鹿にした口調の峰吉の声が聞こえた。

「うっ……まあ、二人とも信用がないからな。夜だと女遊びに行ったんだと思われる。下手したら隣の米屋にいる円九郎のように親から勘当されちまうよ。あっしも雇い主の益治郎さんに迷惑をかけられないから、それで、昼間になったというわけだ」

「うん、まあ、いいんじゃないの」

「それで、提案なんだが……峰吉、お前も一緒に行かないか。間違いなく何かありそうな空き家だと思うんだよ」

「ううん、染井村はここから遠いからね。面倒臭い」

「お前……」

峰吉に幽霊を見せて震え上がらせよう、という趣向でやっていることなのに、当人のこのやる気のなさと言ったら……。

「……まあいいや。それなら巳之助さん、一緒にいかがですかい」

「猫好き仲間の家を回った方がましだな。俺も断る」

「ならば鳴海屋の大親分……」

「おい茂蔵。その呼び方はやめろと何度も言っているだろう。それにお前、怖いものだから仲間を増やそうとしているな」

「いや、そんなことは……」

「本当に夢の通りの場所だとは限らないからね。危なくないとは言い切れない。そんな所に子供はやれないよ。だから明日はお前と友人たちの三人で行きなさい。危なくなさそうで、なおかつ幽霊が出る場所だったら、改めて峰吉を連れていくことにしよう。しっかりと下見をしてくるんだよ。後で詳しく話してもらうからね」

「ええ……」

寅七たちをうまいこと言いくるめて二人だけで行かせ、自分は離れた所から空き家を眺めるだけにする、という手が使えなくなった。一緒に行く仲間を増やすのも駄目だったし、第三の刺客なんか引き受けるんじゃなかったな、と茂蔵は大きく肩を落とした。

三

茂蔵は空き家の戸の前に立った。

桟だけを残した障子から中を覗き込む。南側から日の光が入っているので明るい。広めの土間と板の間、その向こうに部屋が二つ横に並んでいる。そのうちの北側の部屋の先には狭い土間と裏口の戸がある。

家の中には何も置かれていない。襖や畳もない。がらんとしている。夢で見たのとまったく同じだ。

「……おい茂蔵、早く入れよ」

後ろにいる寅七が急に声を出したので、茂蔵はびくりとした。

「あ、ああ……ちょっと待って」

周りを見回す。空き家の周りには草が生い茂っていて、地面の土はまったく見えない。その草原の向こうは四方とも雑木林だ。途切れているのは茂蔵たちがやってきた細い道になっている所だけだった。

「ううむ……」

頭だけの子供の姿は目に入らない。だがそれでも……。

「なあ、寅七、先に行ってくれないかな」

できれば自分は最後に入りたい。そして後ろ向きに歩くのだ。この腰高障子から目を離したくない。ひとりでに閉まったら怖いからだ。

「なに言ってるんだよ。茂蔵が言い出したことだろう。お前が先に入らないと」

「いや、だけど……」

茂蔵は背後にいる二人へ目を向けた。どちらも怯えた様子で辺りに目を配っている。

「二人とも、どうしたんだい。人のことを臆病だと笑ったくせに、怖がっているみたいじゃないか」

「茂蔵こそどうしたんだよ。それが悔しかったから肝試しに来たんじゃないのかい。早く入れよ」

「うう」

返す言葉が見つからない。茂蔵は諦《あきら》めて戸へと腕を伸ばした。

がたがたと大きな音を立てて開く。さすがに長く動かされていなかっただけあって建て付けが悪い。夢の通りだ。

「……染次に言っておくけど、この戸を閉めないでくれよ」

念のために告げてから土間に足を踏み入れた。

ゆっくりと進み、履物を脱がずにそのまま板の間に上がる。茂蔵はそこでくるりと振り向き、入ってきた戸口の方を見た。

二人に置いていかれる、なんてことも考えていたのだが、そんなことはなかった。寅七も、染次も土間に入っている。ただ、寅七の目は家の南側にある外れた雨戸の方に向いたままだし、染次はずっと裏口の方を見続けている。

「どうしたんだよ、二人とも……こ、怖いのかい」

馬鹿にしてやろうと思って言ったが、声が震えてしまった。自分が臆病だと言われたことに腹を立て、それを返上するために来たわけだが、失敗に終わったようだ。

だが、それで構わない。三人とも怖がりだということで終わりにし、さっさと帰ろう。そう考えながら茂蔵は後ろ向きに進み、北側にある部屋の真ん中辺りまで来た。

南側に目を向けたままの寅七、裏口を見たままの染次ものろのろとそこまでやってきた。どうも様子がおかしい。

「……もしかして、二人とも妙な夢を見たんじゃないのかい」

まさかと思いながら訊《たず》ねてみると、寅七と染次は同時にびくりと体を震わせた。二人が同時に頷く。

「おいおい、本当かよ。二人も見たのか。入ってきた腰高障子の向こうにひょこひょこと頭だけが動いている子供の姿を」

今度は二人そろって首を振った。

「えっ、違うのか」

「そうじゃないよ。俺が見たのは裏口の向こうに俯《うつむ》いて立っている女の人の夢だ」

染次が口を開いた。

「多分、年は俺たちよりも上だろう。三十くらいかな。だけどはっきりとは言えない。その姿がやけにぼんやりとしているんだ。滲《にじ》んでいるって言うのかな」

「へえ……」

自分の夢の中で、染次は裏口から出ることを嫌がった。あれはその女の幽霊を見たからなのか。

茂蔵は裏口の方を振り返った。今はその先に誰の姿もなかった。

「一人だけならいいじゃないか。俺なんか三人もいたぜ」

続いて寅七が口を開いた。

「雨戸が外れている所から雑木林が見えるだろう。そこにある木の枝で男の人が首を吊ってぶら下がっているんだ。それを爺さんが呆然と見上げている。もう一人、婆さんもいるんだけど、こちらは横の方を向いていたな。染次が言ったように、はっきりと見えるわけじゃなかった。だからこそ俺は震え上がったね。生きているものではないってことだから」

茂蔵は目を南側へ向けた。確かに雑木林が見える。首を吊っている男は……今はいないようだ。ほっとした。

「夢だけじゃないよ。その後、気味の悪い子供と年寄りがうちに訪ねてきたんだ。夢を見たのは茂蔵から肝試しに行こうという話を聞いた日の晩だったけど、それからしばらく経った、昨日のことだ」

「えっ、寅七もかよ。うちにも来たぜ」

染次が驚いたように言った。

「昨日の夕方だ。俺が妙な夢を見たことを知っていて、根掘り葉掘り訊ねてきた」

茂蔵は首を傾げた。その連中は自分の所には現れていない。

「……と、とにかくここを出ようぜ。裏口から……は染次が嫌か。南側も駄目だし、入ってきた所から出るのは、あっしがお断りだ。そうなると……」

三人の目が一斉に北側の上げ庇の窓へと向いた。夢と同じようにそこは閉まっている。

「あそこから出て、そのまま真っ直ぐ北側の雑木林に駆け込もう」

「そ、そうだな。まず誰が行く？」

「当然、茂蔵だろう。言い出した野郎なんだから。開けるのもお前がやってくれ」

「ええっ」

どうして自分は、肝試しをやろうなんて言ってしまったんだ。激しく後悔しながら茂蔵は上げ庇の窓へと近づいた。

腰を屈《かが》め、下から手を伸ばして板に付いている棒を握る。

「寅七と染次はそこにいてもいいから、窓の外を見ていてくれよ。妙なものがいたらすぐに閉めるから」

二人に頼んでから、ゆっくりと板を押し上げた。

「どうだい？」

「雑木林が見えるだけだ。人の姿はないよ」

「そうか」

棒を窓枠に嵌めて板が上ったままにする。それから茂蔵は両腕を窓枠にかけた。

「じゃあ、行くぞ」

よっ、と掛け声を出しながら跳び上がった。

それと同時に、窓の向こうに子供の頭が現れた。下からぬっと出てきたのだ。

「うわぁ」

思わず手を離してしまい、茂蔵は空き家の床に尻もちをついた。その辺りの根太《ねだ》が傷んでいたらしく、床板が軋《きし》みながら少し沈んだ。

「うおっ」

染次が叫んだ。腰を抜かしたように床に座り込みながら裏口の方を指差している。そちらへ目を向けると婆さんが立っていた。頭に手拭《てぬぐ》いで頬《ほお》かむりをしている。手には切れ味のよさそうな鎌を握っていた。

「うわぁ、婆さんだぁ」

茂蔵も大きな叫び声を上げる。すると今度は寅七が「ひぃ」と声を漏らした。横目で見ると、南側にある雑木林の中に二人の人間が立っているのが目に入った。一人は若く、もう一人は年寄りだ。

「首吊り野郎と爺さんだぁ」

ちらりと見ただけなので若い方の男が首を吊っていたかどうかまでは分からない。だが茂蔵はそう叫び、入ってきた東側の戸口の方へ走った。

子供なら北側にいる。それに夢と違って戸は開いたままだ。だから夢と違い、今はそこから逃げるのが正しいと思ったのだ。

しかしそれは間違っていた。茂蔵が土間に下りると、まるで待ち構えていたかのように戸口の脇から人影が現れたのだ。

その姿を見た茂蔵は腰を抜かした。見上げるような大男だったのだ。顔は……なんと言っていいか分からない。とにかく世にも恐ろしい形相である。地獄の鬼でも一目見ただけで逃げ出すのは間違いない。

茂蔵は声を限りに叫んだ。

「うわぁ、巳之助さんだぁ」

「おい、こら、ちょっと待て、茂蔵。他とは違い、俺だとはっきり分かった上で叫びやがったな」

「いや、だって」

下手な幽霊よりよっぽど怖い。

巳之助は土間に入ってくると、座り込んでいる茂蔵を蹴とばした。

「そもそもだな、俺たちは助けてやるために来たんだぜ。ああ、お前さんたちが寅七と染次か。茂蔵と仲良くしてくれてありがとうな。俺は巳之助と言って、この馬鹿の……何と言うか、兄貴分みたいな者だ。それから、この小僧には昨日会っているはずだな」

戸口にひょっこりと峰吉が顔を出した。左側からやってきたところを見ると、どうやら上げ庇の外にいたのはこの小僧だったらしい。

「と、いうことは……」

茂蔵は南側の外を覗いた。雑木林から太一郎と清左衛門が出てくるところだった。

「そうなると、あの婆さんは……」

裏口へと目を向ける。頬かむりを外しながら婆さんが家の中に入ってきた。

「……どちらさんで？」

見たことのない婆さんだった。

「近くに住んでいるお杵《きね》さんだ。この空き家について詳しく知っているから、よく話を聞いておけ。俺はその間、北側の草刈りをしてくるから」

巳之助はそう言うとお杵婆さんから鎌を受け取り、戸口の外へ出ていった。草刈りの手伝いをするらしく、後ろから峰吉もついていく。それと入れ替わるように太一郎と清左衛門が入ってきた。

寅七と染次は昨日の夕方、気味の悪い子供と年寄りが訪ねてきたと言っていた。どうやら峰吉と清左衛門だったようだ。自分が帰った後に連中にも話を聞きに行ったのだろう。

なんだかよく分からないが、とりあえず知っている人たちが現れてくれたので茂蔵はほっとした。

「太一郎さん、その……ここには幽霊なんて出ないってことでしょうか」

立ち上がりながら茂蔵は訊ねた。さらなる安心を得るためだったが、残念ながら太一郎は首を振った。出るらしい。

「お前を含めた三人が、それぞれの目を通して同じ夢を見たんだ。それを考えただけでも、ここが尋常ではない空き家だと分かるだろう。まったく、よくこんな場所を見つけたものだ。染井村なんて滅多に来ないから、俺も見逃していた。かなり危ないからな、ここは。見つけられたのはお前のお蔭だ」

「へい、ありがとうございます……つまり、今も幽霊がいるってことですよね」

茂蔵は周りを見回した。寅七と染次が、清左衛門とお杵婆さんに挨拶しているところだった。他には誰もいない。

「今回のことが露見しちまったからな。雑木林の奥へ離れていったよ。まあ、恨めしい顔でこちらを睨んでいるようだが……」

太一郎は西側にある裏口の、さらにその先へと目を向けていた。

「ええと……今回のことってのは？」

「お前たちのうちの誰かをあの世へ引っ張り込もうとしたんだよ。仲間を増やそうとしたってことだ」

「うぇえ……」

　太一郎は平然としているが、結構な悪霊ではないか。

「だけど、どうやって」

「上げ庇から覗いてみな」

　太一郎が言うので、茂蔵は窓に近寄って外を窺ってみた。

　すぐ目の前で、峰吉が鎌を使って草刈りをしていた。巳之助も、こちらは素手で毟《むし》っている。すごい速さで根こそぎ引き抜いていくその姿には恐怖すら覚えた。

　その二人のそばに四角い木の枠が見える。大きさや様子から考えると、どうやらそれは古井戸のようだった。これまでは草で隠れていたに違いない。

「窓から井戸まで半間くらいか。お前がそこから跳んでいたら、ちょうどそこへ下りたんじゃないかな」

　太一郎がそう言って笑った。

　本当に危ないところだった。茂蔵は改めてその場に座り込んだ。

四

「ここにはね、とある一家が五人で住んでいたんだよ。祖父母と父親、母親、そして四つになる女の子だ」

お杵婆さんが空き家の話を始めた。聞いているのは茂蔵と寅七、染次、それに清左衛門と太一郎だ。空き家の中の板の間に車座になっている。

巳之助と峰吉はまだ表の草刈りをしていた。井戸が見えただけでは済まさず、家の周りに生えているすべての草を取り尽くすつもりらしい。

「父親は近くの植木屋の手伝いをして日銭を稼いでいた。まあ貧しかったが、それでも仲良く暮らしていたんじゃないかな。だけどね、ある時、母親が少し目を離した隙に、女の子があの井戸に落ちてしまってね。可哀想なことに亡くなってしまったんだ」

お杵婆さんは上げ庇の方へ目を向けて小さく首を振った。

「それから、母親が祖父母から責められるようになってね。可愛がっていた孫が死んだのだから無理もないことかもしれないが……耐え切れなくなった母親が、やはりあの井戸へと身を投げてね。亡くなってしまった」

「うわあ……」

茂蔵と寅七、染次がそろって声を上げた。気の毒な話である。

「それから少しして父親も死んだ。子供と女房を立て続けに亡くして、生きる気力を失ったのだろうね。向こうの雑木林で首を吊ったんだよ」

お杵婆さんは、今度は家の南側の方へ顔を向けてから首を振った。

「残った年寄り二人はそれからしばらく生きていたんだけどね。ある時、様子を見に来た近所の者が家の中で倒れている二人を見つけたんだよ。すでに冷たくなっていたらしい。詳しいことまでは聞いていないが、噂では婆さんの方の首には絞められた跡があったそうな。多分、爺さんにやられたのだろうね。その後で、爺さんは自らの命を絶った」

「うわあ……」

茂蔵たち三人は再び同じような声を上げた。それしか言えないのだ。

「それでここは空き家になった。そういう感じで一家五人が死に絶えた家だからね。近所の者も滅多なことでは近づかなくなったよ。家は朽ちるのに任せて放っておいた。もちろん周りの草も伸び放題だ。だけど井戸だけは危ないからさ。板で塞ぐようにしたんだよ。ところがね、奇妙なことに、ほんの二、三日もすると腐って落ちてしまうんだ。かなり分厚い板だったんだけどね。何度取り替えても駄目だった。そうこうするうちに、近所に住んでいる男の子が井戸に落ちて亡くなったんだよ。ここでは遊ばないように親から言われていたはずなのに」

「うわあ……」

そうだった。男の子の幽霊もいたのだ。女の子と追いかけっこをしていた。もしかしたらその子は、女の子に誘われてあの世へと引っ張り込まれたのかもしれない。

「それで今度は、石でできた蓋《ふた》をこさえてね。井戸を塞いだんだけど……翌日見に行ったら割れていたんだよ。真っ二つになって、井戸の脇に転がっていたんだ。これも不思議でね。重い石だから、割れても両脇に落ちることなく載っていそうなものなんだよ。井戸の内側からすごい力がかかったのなら別だけど……それで、今度こそ本当に近所の者は誰も近づかなくなった。家は朽ち果て草は伸び……今に至るってわけだよ。そこへお前さんたちがやってきたんだ」

「うわあ……」

茂蔵たちは四度目の声を上げた。

「お前たち、他に言葉はないのかい」

さすがにいらいらしたのか、清左衛門がそう言った。

「特に茂蔵、お前はこういった目に遭うのは、祠の髪の毛の時に続けて二度目だからね。何かあるだろう」

「いやあ、亡くなった方々がお気の毒過ぎて、あっしには何も言えませんぜ。それとは別のことになりますけど、大親分……じゃなかった、ご隠居は昨日、峰吉と一緒に寅七と染次の家に行ったそうじゃありませんか。どうして話を聞く気になったんですかい。二人があっしと同じ夢を見ていたことも知っていたようだし……」

「お前の話を聞いて、峰吉が妙だと感じたそうなんだよ。それで儂まで連れていかれたんだ。一緒にいた方が二人から話を聞きやすいってことでね。ああ、その時の店番は円九郎に任せた。それから今日も、伊平次がどこかへ行ってしまったから皆塵堂の店番は円九郎がしている」

「は、はあ」

別に皆塵堂の店番はどうでもいい。

「峰吉は何を妙だと感じたんでしょうね」

「まずはお前の夢の中で、友人二人がそれぞれ西側と南側から出るのを嫌がったことだな。きっと何かを見ているはずだと思ったらしい。それで二人に訊きに行ったら、思った通り同じような夢を見ていた。そして次に、三人の夢を合わせて考えると、幽霊が六人も出ているのに三方しか塞いでいないことを峰吉は妙だと感じたらしい。これはわざとではないか、と言うんだな。つまり、あえて逃げ道を作ってそちらへと誘おうとしている、ということだ」

峰吉の考えは見事に当たっていた。下手をしたら死ぬところだった。

「それで儂と峰吉は、今日は朝から弁当を持ってこの染井村に来てね。お前たちが来る頃までずっと菊などを眺めていたんだ」

「へえ……」

人の命が懸かっているというのに、しっかりと物見遊山まで組み込むあたり、さすが清左衛門と峰吉である。

「……だけど、寅七と染次の家は住んでいる町名や家業からたどり着けるとして、よくこの空き家の場所が分かりましたね。染井村は広いし、雑木林の中の一軒家だし……」

「そりゃ太一郎がいるからな」

「ああ、そうか」

今まではこの家に気づかなかったと言っていたが、さすがに染井村まで来れば、太一郎なら容易に感じ取れるはずだ。

「空き家を見つけた後で太一郎はいったん銀杏屋に引き返し、巳之助への言づけを番頭さんに頼んでからまた染井村に戻ってきた。それから再び空き家の周りを調べていたら、お杵さんと出会ったそうなんだ」

「へえ。あっしのために申しわけない」

茂蔵は太一郎に向かって頭を下げた。

「そこまでしてくれなくても……太一郎さんものんびりと菊見物をしてくださればよかったのに」

「いや、それは……」

太一郎は困ったような表情を浮かべて清左衛門をちらりと見た後で、茂蔵の耳元に口を寄せて小声で言った。

「ご隠居様は菊よりも、松とかの盆栽の方に興味を持ってさ。で、いちいち木のことを説明し出すんだよ」

「ああ……」

大きな材木商の隠居である清左衛門は、とにかく木について詳しく、またそれを人に話したがる人なのだ。茂蔵も皆塵堂に顔を出した際に話を聞かされたことがあるが、かなり苦痛だった。

太一郎は清左衛門の話を聞くよりも幽霊の方がましだと考えて逃げたらしい。その気持ちはよく分かる。

「うん？　何を話しているんだね」

清左衛門が眉をひそめた。

「いえ、何でもございません。ええと……それで巳之助さんがやってくるのを待って、この空き家にやってきた、というわけでね」

「うむ、そうだ。念のため太一郎だけは先にここへ来ていたが、お前たちより早く儂らも着いた。それで、せっかくだから脅かしてやろうとなって、家の陰にみんなで隠れていたってわけだな」

「へえ……」

何が「せっかく」なのか、そこがよく分からない。

「この後、井戸は埋めてしまうように儂から土地の者に頼むつもりだ。できれば空き家も壊してしまった方がいいな。場合によっては、そのための金を儂が出してもいい。こうして関わってしまった以上、見過ごすことはできないからね。このままにしておくと、また人死にが出ることになりかねない」

「あっしが肝試しなんて思いついたために、申しわけありません」

茂蔵は深々と頭を下げた。寅七と染次もお辞儀している。

「うん、まあ儂は別に構わないよ。それより峰吉が不満を漏らしていてね。弁当を食べたくらいじゃ納得していないんだよ。あいつはいったん外へ出たら、手ぶらでは帰りたくない小僧だから。この前も古道具は無理だったようだが、代わりにしっかり団子を手に入れてきたし……。だからね、これは寅七と染次に頼むのだが、もしお前さんたちの家にいらない物があったら、峰吉がいる古道具屋の皆塵堂に売ってくれないかね」

「は、はあ」

二人は同時に頷いてから、天井を見上げて黙り込んだ。何か売る物はないか考えているようだった。

「ええと、あっしはどうしましょう」

「茂蔵は……大黒屋の物を売ったら益治郎に迷惑がかかる。お前は何も持っていないのだから体を使うしかないな。とりあえず草むしりを手伝ってきなさい」

「へ……へい」

力仕事は苦手なので、巳之助に怒鳴られながらやることになりそうだ。いや、蹴とばされながらかもしれない。だから断りたいところだが、さすがに今回は諦めるしかない。茂蔵はのろのろと立ち上がった。

それならあたしも、とお杵婆さんも立った。それに寅七と染次も草むしりを手伝うつもりのようだ。二人とも考え込んだままで腰を上げた。

太一郎も立ち上がろうとしたようだが、その前に清左衛門の腕が伸びた。

「ああ、そういえばここへ来る前に、見事な松の盆栽を見たんだけどね……」

清左衛門はしっかりと太一郎の袖口《そでぐち》をつかんでいる。逃がす気はないようだ。

太一郎は助けを求めるような目を茂蔵に向けてきた。だが茂蔵は、そんな太一郎に一礼すると、さっさと戸口へと向かった。

——太一郎さん、申しわけない。だけど……。

清左衛門の話をくどくどと聞かされるよりは、巳之助に蹴とばされながら草むしりをしていた方がはるかにましだ。茂蔵は心からそう思った。

夢で見た町

一

参太が手習《てならい》から戻って、自分の家や皆塵堂のある通りに入ると、そこには誰の姿も見えなかった。

自分の家や他の店の商売のことを考えるとよくないことだが、それでも通りがひっそりしているのを見て参太はほっとした。巳之助や茂蔵のような、ちょっと怖そうな人がいなかったからだ。

よかった、と思いながら、家の前に近づく。そこで参太は、誰の姿もないと思ったのは間違いであったことに気づいた。皆塵堂の隣の米屋の前に置かれている大八車の陰に、米俵を腹の上に抱きかかえて仰向けに寝転がっている男がいたのである。

だが、驚きはなかった。これは米屋の前ではたまに見られることだからである。米俵を運ぼうとして押し潰《つぶ》された、というわけではなく、そういうふりをして仕事を怠《なま》けているのだ。心配はいらない。

「円九郎さん、こんにちは」

参太は男に挨拶《あいさつ》した。

寝転がっていたのは、生家である紙問屋の安積屋から追い出され、身柄を清左衛門に預けられている勘当息子である。

円九郎は安積屋を離れた後、しばらくの間はこの米屋にいたが、少し経つといなくなった。聞くところによると、どこかの料理屋で働いていたらしい。ところがそこも追い出されたのか、また米屋に戻ってきたのだ。今は以前のように米屋と皆塵堂の両方を手伝っている。

峰吉を怖がらせようとして、参太が友達から聞いた夢の場所を巡り歩いていた頃には、円九郎はまだ料理屋の方にいた。その頃にいてくれれば、清左衛門が皆塵堂の店番をする必要なんかなかったのに、と思いながら参太は円九郎を見下ろした。

「ああ、参太。おかえり」

円九郎は体の上の米俵を横にどかすと、面倒臭そうに立ち上がった。

「待っていたんだよ」

「えっ、おいらをですか」

「うむ、その通りだ。聞いたよ。なんか、面白いことになっているみたいじゃないか。あの峰吉に幽霊を見せて、震え上がらせようとしているんだってね。なかなか難しいことだが、やりがいのあることだと思うよ。だから、私も一枚嚙《か》ませてもらおうと思ってね」

「えっ、もしかして円九郎さんは何か怖い話をご存じなのですか」

「まあね。だから参太、手習の道具を置いたらすぐに皆塵堂に行って、鳴海屋のご隠居様に言ってくれないかな。次は私に任せるように、と。ちょうど来ているから」

「は？」

参太は首を傾げた。本人が頼めばいいと思うのだが。

「ああ、いや、もちろん、さっき自分でご隠居様のところに行ったよ。だけどね、任せてくれと言っても首を縦に振ってくれないんだよ」

「ははあ」

多分、信用されていないのだろう。幽霊話が本当かどうか、ではなく、人として。分かる気がする、と思って参太は小さく何度も頷いた。

「何を一人で納得しているんだい。それよりお願いしましたよ。私はね、ちょっと取りに行く物があるからね。皆塵堂に行く許しも得なければならないし」

円九郎はそう言うと、米俵を道に転がしたままで米屋の中に入っていった。

──ううむ、次は円九郎さんかあ。

あまり期待できないかな。そう思いながら参太は道具を置くために油屋に戻った。


「……峰ちゃん、こんにちは。今日は何を直しているんだい」

皆塵堂に入ると、まずは板の間にいる峰吉にそう訊《たず》ねた。鉋《かんな》を手にしているから木を削っていたことは分かる。しかし峰吉の前には円《まる》く切られた板と、何本かの棒があるだけで、それが何であるのか分からなかったのだ。

「ああ、参ちゃん、おかえり。直しているんじゃなくて、作っているんだ。少し前にさ、遠州行灯《えんしゅうあんどん》を手に入れたんだけど、幽霊が取り憑《つ》いているせいで店に出せないんだよね。だけど面白そうな形の物だから、おいらで作っちゃおうと思って、いらない古道具を集めて削ったところなんだよ」

「へえ、そうなんだ」

行灯の周りに貼ってある紙の部分を火袋というが、ここが円筒形になっているのが遠州行灯である。どの方向も同じように照らすし、火袋が大きいので他の行灯と比べると明るさもある。皆塵堂という不気味な店が向かいにあるせいで夜の暗さが苦手になっている参太は、うちにもそんな行灯があればいいのに、と思わなくもない。

「だけど大変なんじゃないの。あれは火を点《つ》けたり油を注ぎ足したりする時には、筒の所を回して開け閉めするんだろう。そこをうまく作るのが難しそうだ」

「まあね。だけど心配いらない。すでに一つ作って店に出したし」

「えっ」

参太は店土間へ目を向けた。なるほど、言われてみれば隅の方に遠州行灯が置いてある。

「あれ、峰ちゃんが作ったんだ……」

これは古道具屋の小僧がする仕事なのだろうか。違う気がする。見たこともないような形の鉋とか、やけに小さい鑿《のみ》などの道具がそろっているし、それらを扱うのがやたらと上手《うま》い。この峰吉はどこへ向かっているのだろう、と首を傾げながら参太は奥の座敷へと向かった。

「鳴海屋のご隠居様、こんにち……は」

挨拶しながら座敷に足を踏み入れたところで、参太は戸惑いながら歩を止めた。開け放った障子戸のそばに腰を下ろしている男の姿が見えたからだった。年は三十代の半ばくらいか、それより少し上だ。引き締まった体つきをしていて、顔もよく日に焼けている。だが、仕事でそうなったわけではないことを参太は知っていた。

その男がここにいるのは本来ならば当然のことである。にもかかわらず参太がこうして出会ったのはかなり久しぶりだ。

「こ、こんにちは……お邪魔します」

座っていたのは皆塵堂の店主の伊平次だった。今日は珍しく釣りに出かけないらしい。ただ、それでも店の仕事をする気はないようで、ぼんやりと庭の方を眺めている。

「おっ、向かいの店の水撒《ま》き小僧か。こんな碌《ろく》でもない所によく来てくれた。まあゆっくりしていきなよ」

「あ、はい」

自分の店なのにそんな風に言っていいのか、と思いながら参太は腰を下ろした。案の定、伊平次は家主の清左衛門に睨《にら》まれている。

「まったく、やる気のない店主で困ったものだよ。いいかね、参太。いずれ油屋を引き継ぐことになると思うが、伊平次みたいな店主にだけはならないでくれよ」

「……はい」

伊平次の手前なので参太は遠慮がちに頷いた。しかし自信はある。こんな店主には、なろうと思っても無理だ。

「うむ。だけどね、参太。さすがに伊平次は気が抜けすぎだが、あまり力を入れすぎるのも駄目なんだ。楽な気持ちでやらないと続かないよ。特にお前は真面目すぎるところがあるから気を付けた方がいい」

「は、はい。分かりました」

「それで、例の『峰吉に幽霊を見せて震え上がらせる』ってやつだが……そんな話を知っている人が、なかなかいなくてね。もう少し待ってくれないかね」

「な、鳴海屋のご隠居様、すでにご本人からお聞きかと思いますが、その……円九郎さんが何かその手の話を知って……」

「ああ、それは聞くだけ無駄だろう」

まだ参太が話している途中だが、清左衛門は遮《さえぎ》るように口を開いた。

「どうせ大した話じゃない」

「ううん」

やはりこうなったか。

「参太だってそう思うだろう」

「え、いや、ええと……おいら、じゃなかった、私が始めたことなのに、ご隠居様や巳之助さんなどが次々と手を貸してくださって、とてもありがたく思っています。もちろん円九郎さんに対しても同じ気持ちです。私としては感謝しかなく……」

「正直に言いなさい」

「巳之助さん、茂蔵さんと続き、次が円九郎さんとなると、だんだん小粒になるというか、いろいろな意味で駄目になっていくというか……」

参太は仕方なく正直に答えた。すると背後から「さ、参太、お前もか」という声が聞こえてきた。振り返ると円九郎が店土間から板の間へと上がってくるところだった。手に風呂敷包みを持っている。

「峰吉ならともかく、まさか参太からそんなことを言われるとは……私はびっくりしましたよ。いいかい、参太。よく考えないといけないよ。百歩譲って巳之助さんは良しとしよう。だけど茂蔵さんと比べたら、私の方がはるかにましなはずだ」

「ええ……」

人柄はまったく違うのに、なぜか印象が似ている二人だ。大目に見たとしても五十歩百歩だと思う。

「儂《わし》は、お前の方がはるかに下だと思うよ。少なくとも茂蔵は、言われたことは懸命にやるからね。ちょっとずれているところはあるが」

「ご隠居様、確かに以前の私は怠け癖がありました。しかし今は違います。心を入れ替え、真面目に仕事に励んでおります」

「へ？」

参太は思わず声を漏らした。ついさっき、道端で寝転がっていたのは何だったのだ。

「茂蔵さんよりも私の方が役に立つ人間であるところをお見せします。ご隠居様、どうか私の話を聞いてください」

「ううむ」

清左衛門はしかめっ面になった。

「聞くだけ無駄な気がするよ」

「そうおっしゃらずに。ええと、まずはこちらをご覧ください。ああ、だけど見るだけで何も言ってはいけません。伊平次さんも黙っていてくださいね。これが何であるか、参太に答えさせましょう」

円九郎はそう言うと、持ってきた風呂敷包みを開いた。中身はさらに手拭《てぬぐ》いで包まれている。それも解くと、びいどろ（ガラス）で作られた玉が出てきた。大きさは大人が両手の指先を合わせて円く輪っかを作ったくらい。中は空洞だ。口のように開いている部分がある。

小さめの金魚鉢かと参太は思ったが、開いている部分の反対側は丸くなっている。転がってしまうので置くことはできない。

「ええと、これは……」

たいていは鉄や真鍮《しんちゅう》などで作られるが、びいどろでできた風鈴なんてのもないわけではない。しかしこれは違う。短冊を吊《つ》り下げる部分がない。

「ううん」

どこかで見たことがある気はするのだが、と考え込んでいると、後ろから峰吉の声が聞こえてきた。

「多分、参ちゃんが初めに思った物に近いと思うよ」

「ええっ。それは金魚鉢なんだけど、これは置けないし……ああ、そうか、ぶら下げるんだ」

口の所に紐《ひも》を取り付けて、軒先などに吊るのだ。そうやって中に入れた金魚を眺めるのである。

「これは金魚玉ですね。縁日などで見たことがあるけど、うちにはないから、ちょっと忘れていました」

「うん、当たりだ。私の話はこの金魚玉に関わる話なんだよ。どうですか、ご隠居様。ちょっと興味が出てきたのではありませんか」

「いや、出てこないな」

清左衛門は冷たい声で言った。この人は円九郎に対してかなり厳しいようだ。

「だけど、どうしてもって言うのなら話してくれて構わないよ。ただし、手短に頼むよ。茂蔵の時は分かりやすく話せと命じたが、お前の場合は別にいいだろう」

「そ、それはひどい。ですが……それでも構いません。たとえ手短に話しても、茂蔵さんより私の話の方が面白いはずですから。きっと鳴海屋のご隠居様も、他の人も、どんどんと私の話に引き込まれるに決まっていますよ」

円九郎はそう言うと、不敵な笑みを浮かべた。

二

「さてそれでは、ここからは私が取り仕切らせていただきます」

皆塵堂にいる一同を見回しながら円九郎は口を開いた。

「きっと皆々様のご期待に沿えるような、恐ろしい話をするとお約束します。ですから御一同様におかれましては、今後ともこの円九郎のことをよろしくお引き立て……」

「おい、ちょっと待ちなさい円九郎。そういう挨拶は必ずしなければいけないという決まりでもあるのかい。巳之助と茂蔵もそうだったんだけどね」

「えっ、いや、そんな決まりはありませんけど」

円九郎は頭を掻《か》いた。

「ご隠居様もこちら側の立場になれば分かります。なぜか分からないけど、こんな挨拶をしたくなるんですよ」

「手短に、と言っただろう。さっさと本題に入りなさい」

「は、はあ。それでは。先ほどお見せしたこの金魚玉でございますが、元々これは私が持っていた物ではございません。もちろん、私が寝泊まりしている隣の米屋にあった物でもない。あそこには、こんな風流な物は置いていませんからね、それなら、いったいどうして私の手元にあるのかと言うと、ある朝、目覚めたら私の枕元に転がっていたのでございますよ。誰が置いたわけでもありません。突如としてそこに現れたのです」

「ほう、それは不思議だね」

清左衛門が少し興味を持ったようだ。よしよし、と円九郎は心の中で笑った。

「その通りでございます。しかしもっと不思議なことがあるのです。実はですね、これが現れる前に、私はとある夢を見ていたのですが……」

「ちっ」

急に清左衛門の顔付きが険しくなったかと思ったら、舌打ちまでされた。これには円九郎もびっくりした。

「ご、ご隠居様。いったいどうしたのでございますか。峰吉じゃあるまいし」

「ああ、すまない。行儀の悪いことをしてしまった。いや、また夢の話か、と思ったものだからね」

「と、おっしゃると、茂蔵さんも夢の話をしたのですね」

「まあね。それだけでなく巳之助……正しくはその猫好き仲間の徳右衛門さんだが、その人も夢の話だった。そして参太が聞き込んできたのも、夢に関わる話ばかりだったのだよ」

「さ、左様でございますか」

これはまずい。印象が悪そうだ。

「しかし……私の話は一味違うと思いますよ。言いかけたように私はある夢を見ていたのですが、その中に金魚玉が出てきたのです。で、起きたら枕元に金魚玉が転がっていた。どうですか、ご隠居様。これまでに、そんな話をした者がいますか」

「ううん、いないな」

よし、挽回できそうだ。円九郎は安堵《あんど》した。

「それなら、私が見た夢の中身をお話ししましょう。実は何晩《いくばん》か続けて見ているのです。まったく同じ夢ではなく、前の晩に見たものの続きを見る感じです。まず初めに見た夢では……」

円九郎は将棋を指していた。

相手は三十くらいの年の男だ。どうやら円九郎は、その男に将棋を教わっているらしい。盤面に並べられた駒の動かし方を、一つ一つ丁寧に男は説明している。

場所は多分、その男が住む家の中だろう。見覚えのあるような、まったくないような、そんな部屋だ。途中で将棋を教わるのに飽きた円九郎が顔を上げると、軒先に金魚玉が吊り下がっているのが見えた。その中には金魚が二匹、泳いでいた。

隣の部屋には布団《ふとん》が敷かれている。膨らんでいるので、誰かが寝ているようだ。しかし頭の方は襖《ふすま》の陰に隠れてしまっていて、どんな人物なのかは見えなかった。

それでもなぜか円九郎は、そこに寝ているのが男の子だと分かっていた。

「……これが初めに見た夢です。短く思えるかもしれませんが、将棋を指しているのが長かったんですよ。それと、この夢の中で金魚玉が出てきましたが、それが枕元に現れたのはもっと後です。さて、それでは次の夢をお話ししましょう。私は外にいました。そこは横丁の突き当たりにある家の前で……」

どうやら円九郎は、その家から出てきたところらしかった。

横丁を少し歩いてから振り返る。すると出てきた家の軒先に金魚玉がぶら下がっているのが見えた。ああ、そういえばあの家の中で将棋を指していたんだ、と夢の中で円九郎は思った。

前へと向き直って、再び歩き出す。見覚えがあるような、まったくないような、そんな道だ。しばらく進むと、丁字路にぶつかった。

円九郎は立ち止まり、左右のどちらに行くか考えた。右へ行くと大きな道に出るような気がする。しかし左は狭い道がごちゃごちゃとしている場所に違いないと感じた。

よし右だ、とそちらに顔を動かした時、目の端に子供の足が見えた。男の子のようだった。

左へ行く道は、すぐ先に右へと曲がる狭い路地があったのだが、男の子はそこに入っていったのだ。ただし見えたのは足だけで、それはいきなり現れたように思えた。

だが、円九郎はそのことを奇妙には思わなかった。それどころか、なぜかその足に向かって、「幸《こう》ちゃん」と呼びかけたのだった。

「ここで私は目覚めました。またもや随分《ずいぶん》と短い夢だと思われるかもしれませんが、これについてはその通りです。それで、この夢の中で私は『幸ちゃん』と言いましたが、起きた後で誰のことだろうと考え込みました。しかし、いくら考えても思い付かないんですよ。私は生まれてから勘当されるまで、ずっと安積屋にいました。その近所には『幸』の字が付く友達はいません。通った手習所にもいなかった。これは間違いありません。まったく不思議です。まあ、夢の中だけに現れる子供、ということなのかもしれませんが。さて、それでは次の夢に移ります。これは明らかに前回の続きでした。なぜなら、私は男の子を追いかけて、入っていった路地へ曲がったところから始まったからです」

そこに男の子の姿はなかった。

だが必ずこの先にいるはずだ、と考え、円九郎はずんずんとその路地を進んでいった。

　ほどなくして広めの通りに出た。両側に商家が並んでいる。本来ならば多くの人々が行き交っていそうな通りだ。しかし夢の中だからか、人の姿はまったく目に入らなかった。

　前の夢の時のように、円九郎は立ち止まって左右のどちらへ進むべきか考えた。すると今度は右へ行く道の少し先にある路地に消えていく男の子の足が見えた。円九郎はその足に向かってまた「幸ちゃん」と呼びかけた。

「そこで私は目を覚ましたのです。前夜と似たような夢でしたが、これで終わりではありません。実はこの後、数晩に亘《わた》って私は同じような夢を見たのです。道を右へ左へと曲がって『幸ちゃん』という男の子を追いかけていく夢です。そうして少しずつ先へと進んでいったのですが、ご隠居様から手短にしろと言われているので、これは端折《はしょ》りましょう。次の夢が最後……だと思われます。昨晩、というより今朝、見たばかりの夢なのですが、多分もう続きはありません。男の子を追いかけていった私は、その夢の中で、とうとうある場所にたどり着いたのですよ」

　そこはどこかの裏店《うらだな》へと続く木戸口だった。男の子の足がそこへ入っていったのが見えたので、円九郎はその後を追いかけて木戸口を通り抜けた。

すぐに長屋の建物の壁に突き当たったので、慌《あわ》てて左右を見た。すると一軒の家の戸口に男の子が入っていく姿が目に飛び込んできた。この時は足だけでなく、体もしっかりと見えた。しかしやや後ろからの眺めだったので、顔まではよく分からなかった。

男の子が入った後、戸がぴしゃりと閉められた。そこは裏店ではなく、表店《おもてだな》の裏口のようだった。

円九郎は、ようやく追い詰めたぞ、とにやにやしながらその戸へと近づいた。そして腕を伸ばして戸に手をかけ、勢いよく開いた。

目の前に、足がぶら下がっていた。

上がり口のすぐ上に梁《はり》があり、そこに縄をかけて男が首を吊っていたのだ。まったく見覚えのない顔だった。

「男は、『今の』私と同じくらいの年に見えました。ああ、すでにお気づきかと思いますが、一連の夢の中の私はまだ子供だったんです。多分、追いかけていた『幸ちゃん』と同じくらいの年頃だったと思います。ところがその幸ちゃんには追いつけず、なぜか首を吊っている男を見つけてしまった。当然、私はびっくりし、そこで目を覚ましました。嫌な汗をかいていましてね。顔を洗いに行こうと思い、布団から起き上がろうと体を捻《ひね》りました。すると、枕元に転がっていたんですよ。あの金魚玉が。さあ、私の話はこれで終わりです。ご隠居様、いかがでしたでしょうか。なかなか怖かったでしょう。最後に首吊り男が現れるところなんか特に」

円九郎は自信満々に訊ねた。しかし返ってきたのは再びの「ちっ」という舌打ちだった。

「まったく、お前にはがっかりだよ」

「ご、ご隠居様、それはあまりにも手厳しいお言葉で」

「心の底からの本音だから仕方ないな。まず言いたいのは、首吊り男の話は二度目だということだ。徳右衛門さんの話がそうだったんだよ。だがお前は前の人がどんな話をしたか知らないのだから、これは大目に見よう。それよりもだね、そもそも今回のことは、『峰吉に幽霊を見せて震え上がらせよう』と考えて始めたということだ。お前だってそれを承知していたはず。それなのに今の話はなんだね。幸ちゃんという男の子の正体も、首吊り男の素性も分からない。夢の中に出てきた町だって、見覚えがあるんだかないんだか分からないみたいではないか。それでどうやって峰吉に幽霊を見せると言うのだね」

「言われてみれば、無理でございますね」

「円九郎、お前ね……」

　清左衛門は大きく、はあ、とため息をついた。

「……これではとても勘当なんて解けない。安積屋を継がせるなんて考えはきっぱりと捨て、何か手に職をつけさせることを考えないといけない気がするよ」

「ご、ご隠居様。それは何卒《なにとぞ》ご勘弁を」

「いや、その方がいい。ただ、年が年だからな。今からでもできる仕事は……おや、どうしたんだね、峰吉」

　清左衛門の目が円九郎の背後に向いた。振り返ると峰吉がこちらに歩いてくるところだった。

「あっ、峰吉。もしかしてお前は、私の話を面白く……いや、恐ろしく感じたのかい。それで、ご隠居様に勘当を解くように勧めようと考えて……」

「ごめん、円九郎さん。はっきり言ってつまらなかったよ」

「そ、そうか……」

「だけど、気になる点があった。あのさ、これからおいらが町の名前をいくつか挙げるから、その中に行ったことがある場所があったら教えてよ」

「あ、ああ」

よく分からないが、とりあえず円九郎は身構えた。

「まず神田の三島町、同じく神田の松枝町、そして下谷山崎町、それから京橋とか八丁堀に近い辺りにある、因幡町。どう？」

「三島町と松枝町は安積屋からさほど離れていないから、行ったことはあるぞ。なんなら案内してやってもいい」

「ふうん、だったらその二つは駄目だ。残りの二つ、下谷山崎町と因幡町はどうだろう。詳しいのかな」

「いや、そこへは行ったことが……いや、待てよ」

円九郎は首を捻った。因幡町は耳にしたことがある。身内に関わりがある土地だ。そこは確か……。

「ああ、思い出した。私の母方の祖父母が因幡町に住んでいたよ。もっとも二人は、私が五つか六つの頃に流行《はや》り病で相次いで亡くなってしまったけれどね。今はもう親戚などは住んでいないから、まったく縁のない土地だよ」

「だけど、幼い頃に行ったことがあるかもね」

「祖父母が生きている頃に、母親に連れていかれたことくらいあると思うが……ううむ、よく覚えていないな。それより、どうしていきなり因幡町なんて名が出てきたんだ。他に挙げていた所もそうだが」

自分の話の中に町名を示すようなものは出なかったはずだ。

「徳右衛門さんが見た夢の件で浅草三間町に行ったら、太一ちゃんが近くの団子屋さんにいてさ。その時に聞いたんだよ。不思議と商売がうまくいかず、そのせいでたまに首を吊る人まで出ちゃう場所ってのがあるんだってさ。その浅草三間町にあった空き店だけじゃなく、江戸には他にも『そういう所』がいくつかある、と太一ちゃんは言って、今の四つの町の名を挙げたんだ」

「ふうん」

よくそんなことを覚えていたものだ。峰吉には感心する。

「徳右衛門さんの時と同じように、円九郎さんの話の最後には首を吊った人が出てきた。もしそこが因幡町だとしたら、本当のことになってしまうかもしれない。気になるから行った方がいいかもね。もう吊っちゃった後かもしれないけど、念のためにさ。ご隠居様、おいらはそう思うんだけど、どうだろう」

「うむ。儂もそうした方がいいと思うよ。行くのは円九郎と峰吉か。できれば太一郎もいてほしいところだが……」

これから向かおうとしている因幡町と、銀杏屋がある浅草阿部川町ではまったく方角が違う。太一郎を呼びに行ってからだと、かなりの遠回りになる。円九郎と峰吉はまっすぐ因幡町に向かい、別の者が銀杏屋へ行くべきだ。

「……参太は油屋の手伝いがある。困ったな。儂はまだ足腰が丈夫とは言っても年寄りだからな。さほど早くは歩けない。誰もいないでは……おや？」

皆の目が一斉に座敷の隅に動いた。

「そう言えば伊平次、今日はお前、珍しくいるのか。忘れていたよ」

「曲りなりにも店主を捕まえてその言い草はひどいでしょう。まあ、そう言いたくなるのも分かりますけど。太一郎に因幡町へ行くよう伝えればいいんですね。行ってきますよ」

伊平次は立ち上がると、隣の部屋に置いてある釣《つ》り竿《ざお》と魚籠《びく》を手にしてから店土間の方へと向かっていった。

「さて、それでは円九郎と峰吉も因幡町へ向かいなさい」

清左衛門に言われたので、円九郎も立ち上がった。峰吉はすでに店土間を抜けて外へと出てしまっている。素早い小僧だ。

峰吉を追いかけながら、円九郎は「幸ちゃん」のことを必死に思い出そうとした。しかしいくら考えてもそう呼んでいた友達のことは思い浮かばなかった。

三

夢で見た場所を探し求めて、円九郎は因幡町を歩き回っている。

しかしまったく見つからなかった。似たような路地や横丁がたくさんあったが、そのどれもが違ったのだ。もしかしたら火事などがあって、円九郎が子供だった頃とは町並みそのものが変わっているのかもしれなかった。だからなのか、祖父母の家がどの辺にあったのか、ということまで円九郎には分からなかった。まったく縁のない見知らぬ町をうろついている気分だ。

いや、そもそも夢の舞台が因幡町だという峰吉の考えが間違っているのではないだろうか。円九郎はそう思った。あの小僧の言うことを信じたのが馬鹿だった。ただ疲れただけだ。もう諦《あきら》めよう。その方がいい。

円九郎が心の中で決めた時、分かれて探していた峰吉が通りの向こうから走ってくるのが見えた。

「怪しい横丁を見つけたよ」

「ふうん」

どうせそこも違っているはずだ。そう思った。

峰吉に導かれ、その横丁に入った。突き当たりにある家を眺める。なるほど、似ている気がした。夢で見ている円九郎と違い、峰吉は話で聞いただけなのに、よく見つけるものだ。道の様子などから考えているらしいが、器用なものだと感心した。

その峰吉が突き当たりの家の者に話を聞きに行っている間、横丁から出る所を調べた。丁字路になっていて、左に行くとすぐ右に入る路地がある。それも夢と同じだ。

まだ峰吉が戻ってこないので、円九郎はその路地まで行って、先の方を眺めてみた。少し進むと人々が行き交っている通りに出るようだ。夢でもそうだった。

「円九郎さん」

声をかけられたので、そちらへ目を向けると、峰吉が横丁から出てくるところだった。

「駄目だった。あそこに住んでいたのはまだ若い人で、最近になって越してきたんだってさ。前に住んでいた人のこととかはまったく知らないみたいだ」

「まあ仕方ないな。だけど、この路地は怪しいぞ。行ってみよう」

円九郎は路地に入り、そのまま広めの通りに出た。そこから先も、夢で見たことを思い出しながら進んだ。

やがて二人は、とある長屋の木戸口に着いた。そこの様子は……さすがに夢と同じとはいかなかった。どうやら木戸を造り替えたばかりのようだったのだ。そのせいか印象がかなり違った。

しかし、木戸口を入るとすぐに長屋の建物に行き当たるのは同じだった。もっとも、そんな長屋はあちこちにある。ここが夢の場所だとはとても言い切れなかった。

だが、峰吉はさっさと木戸口を通り抜け、長屋の中に入っていった。仕方なく円九郎もあとに続いた。

「円九郎さん、表店の裏口が並んでいるよ。ここが夢で見た所だったとして、首吊り男がいたのはどれだったの」

「ううん……多分、あれかな」

円九郎は手前から二つ目の裏口を指した。

「ふうん。行ってみよう」

やはり峰吉が先に立って歩き出した。円九郎は少し離れてついていく。

戸を叩《たた》くか、外から声をかけるかするのだろう、と思っていたが、峰吉はそんなまだるっこしいことはしなかった。いきなり裏口の戸を開けたのだ。

「こんにち……あっ」

峰吉の背中越しに中の様子が見える。そこで行われていることを目にした途端、円九郎も「あっ」と叫んだ。

円九郎とさほど年の変わらない、まだ若い男が踏台の上に載っている。

その手には輪になった縄が握られている。その縄の端は上に延び、梁に結ばれていた。

男はびっくりしたような顔で峰吉を見た。だが次の瞬間、男は首を縄の輪に入れた。

男はしばらく縄を持ったままで、死ぬべきかどうか迷っていたのだろう。そこへ峰吉が戸を開けたので、迷いが消え、死ぬ踏ん切りがついた、という感じだった。

男の足が踏台を蹴った。体がぶら下がり、縄が首に食い込む。

峰吉が中に飛び込み、男の足を持って上に持ち上げようとした。しかし子供の力だし、苦しんでいるのか男がやたらと足を動かすので、うまくいかなかった。次第に男の顔が赤黒くなっていく。

一方、円九郎はまったく動けずにいた。男が死にゆくさまをただ呆然と見つめるだけだ。頭の中が真っ白になっている。ああ自分は今、人が死につつあるところを眺めているんだな、と働かない頭でぼんやり考えていた。

だが、そんな円九郎を後ろからすごい勢いで突き飛ばした男がいた。

「どけ、こら、邪魔だっ」

円九郎は宙を舞いながら、その男の後ろ姿を見た。体がものすごく大きい。まるで熊だ。

違った。熊ではなく鬼……いや、かなり近いが、これも違う。あれは巳之助だ。

「ええ……」

地面に横倒しになった円九郎は、信じられないものを見た。大の男が首を吊るのに使ったのだから、縄はかなり丈夫そうだった。それを巳之助が引きちぎったのだ。もやは人間業ではない。やはり鬼か熊のどちらかだろうと円九郎は思った。

男の体が下に落ちた。咳《せ》き込んでいる。

「ああ、とりあえず一命は取り止めたようだな」

後ろから近づいてきた男が円九郎の横に立ってそう呟いた。太一郎だった。

「でも、これから四六時中見張るってわけにはいかない。なぜ首を吊りたくなったのか、まずは話を聞かないと。どうにかできればいいけど」

太一郎はそう言いながらもすぐには裏口をくぐらず、男の家をじろじろと眺めた。

そしてしばらくすると、「ううん」と唸《うな》り、首を傾げながら中に入っていった。

「……今は閉めていますけど、ここは蕎麦屋《そばや》なんですよ」

首を吊りかけた男が喋《しゃべ》り始めた。

「ああ、私は政八《まさはち》と申します。それで……ええと、ここに来る前は芝《しば》にある蕎麦屋で働いていたんです。一応は世話になった者ですから悪口は言いたくないのですが、その店主は蕎麦打ちの腕がよくなくて……あまり美味《おい》しくないんですよ。だけど不思議なことに客入りは悪くないんです。いや、むしろ儲《もう》かっているくらいでした。これはどうしてだろうと働きながらずっと考えていたんですけどね。ある時、気づきました。ああ、これは場所がいいのだと。街道筋ですし、少し行けば増上寺《ぞうじょうじ》という立派なお寺もある。たとえ近所の評判が悪くても、一見さんのお客がたくさんやってくるんです。それで、私は蕎麦打ちの技を一通り身につけると、さっさと独立してここで自分の店を持ちました。子供の頃にこの近くに住んでいたものですから、よく知っているんです。この通りは店を出すのに持ってこいなんですよ」

ここはその蕎麦屋の二階である。円九郎は立ち上がり、通りに面した障子窓を開けて外を眺めてみた。

なるほど、確かに人がたくさん行き交っているし、周りの店にはよく客が入っている。商売をするにはいい場所だ。

「……まあ、まだ修業を終えたばかりですから、さすがに金は大して持っていなかった。だから、本当は自分の店を出す気はまだなかったんですよ。もっと腕の良い者の下で働かせてもらってからでいいんじゃないかと考えていました。ですけどね、久しぶりにこの町を歩いていたら、うまい具合に空き店を見つけてしまったのです。まるで私に向かって『借りろ』と言っているように思えましたよ。それですぐに自分の店を出した、というわけでして。まあ、ちょっと無理はしましたけど」

つまり借金をしたということだろう。

「ですけどね、お客が入らないんです。もちろん私の腕は決して自慢できるほどではありません。しかし、働いていた芝の蕎麦屋の店主よりは上だという自信はある。お客に対する愛想も、あの店主よりはましです。忙しかったせいか、かなり無愛想な人だったんですよ。それなのにあっちは繁盛していて、私の店は閑古鳥が鳴いている。もうわけが分かりません。そうこうするうちに借金が……ものすごく嵩んだということはありませんが、少しずつ増えていきましてね。それが何と言うか、真綿でじわじわと首を絞められていくような気がしてきて。それで、いっそのこと一気に絞められた方が楽なんじゃないか、なんてことを思ってしまって、それで……」

首を括《くく》ろうとした、ということのようだ。

話し終えた政八は、自らの首をさすった。そこには縄の痕《あと》が痛々しく残っていた。

「太一郎さん、ここはそんなに悪い場所なんですか。その……幽霊が取り憑いているのかってことなんですけど」

巳之助と一緒にここにたどり着いているのだから当然そうであるのは分かっているが、それでも円九郎は訊ねてみた。政八が話している間、太一郎はずっと首を傾げながら家の中を見回していたのだ。それが気になったからである。

「ううん……少し前に浅草三間町の空き店で首吊りがあったのですが、そこはかなりはっきりと幽霊がいたんですよ。まあ、私の目から見て、ということですけど。そちらに比べると、ここは弱い。あからさまなやつはいないんです。あまりよくない『気』が集まってくる吹き溜まりみたいな場所とでも言うんですかね」

「ふうむ」

潮の流れでやたらと水死体が流れつく岸壁みたいなところだろうか。

「確かに難しい場所ではある。だけど、気を強く持って懸命に商売に打ち込めば、跳ね返せると思うんですよね。その程度のものです」

「つまり、私の腕が足りていない、ということですね」

政八が俯《うつむ》きながら言った。

「芝の店主のことを悪く言ってしまったが、私の思い上がりだったんだ。あの人なんかより私はずっと下で……」

「ああ、いや、蕎麦の味のことは食っていないので分かりません。まあ、それもあるかもしれませんが、それより心の持ちようである気がします。仕事をする上での気構えとでも言いますかね。お訊ねしますが、政八さんはどうして蕎麦屋になろうと思ったのでしょうか。親がやっていたとか、あるいはものすごく蕎麦好きだったとか……」

「ああ、私ではなくて、子供の頃の友達が蕎麦好きだったんです。大きくなったら蕎麦屋になるんだといつも言っていました。だけど体の弱い子で、よく寝込んでいた。そのせいで友達がいなくて……私くらいだったからな、その子の家に見舞いに行っていたのは。でも結局、ある年の冬に亡くなってしまって……。私は励ますつもりで、見舞いに行った際に『俺も蕎麦屋になるよ。二人で江戸一の蕎麦屋を持とう』なんてことを言ったのですが、それが最後になりましてね」

「で、その言葉を守って蕎麦屋になった、と」

「ええ、まあ。兄がいるので家業を継ぐ必要もないし、お前は好きなことをしろと言われていまして。でも、特にやりたいことがなかったんですよ。それで、友達にそんなことを言ったってこともあって、蕎麦屋に修業に行ったんです。でも、それがよくなかったんだな。今、こうして喋っていて分かりましたよ。『亡き友の思いを継いだ』って言うと聞こえがいいけど、私は流されていただけだったんだ。考えてみればそこまで蕎麦も好きじゃなかったし……。きっと心の底に迷いというか、後ろ向きな気持ちがあったのでしょう。それでこんなことになってしまった。ああ、私はまったく駄目な人間だ。亡くなった幸ちゃんに申しわけないことをした。蕎麦屋なんて、ここできっぱりとやめるべきなんだな」

政八は天井を見上げながら何度も瞬《まばた》きをした。涙ぐんでいるように見えた。

「あ、あのう……こんな時に口を挟むのも気が引けるのですが、今、幸ちゃんって名前が出てきましたよね。それは……」

「こら、円九郎。てめえ、どれだけ間抜けなんだ」

政八ではなく、巳之助から声が飛んできた。

「聞いていれば分かるだろうが。亡くなった友達の名前だ」

「え、ええ。さすがにそれは分かります。そうじゃなくて……政八さん。その幸ちゃんって子はもしかして、横丁の突き当たりの家に住んでいませんでしたか。それで、軒先に金魚玉が吊ってあったりして……あと、父親が将棋好きだったり……」

政八が不思議そうな顔で円九郎を見た。

「あ、ああ。その通りだよ。だけど、どうしてそのことを知っているんだい。幸ちゃんは体が弱かったから外で遊ぶことはほとんどなくて、友達と言えるのは私くらいのものだったんだ。お前さんは……円九郎さんっていうみたいだね。年は私とさほど変わらないように見えるけど、あの頃近所に、そんな名前の子供はいなかったはずだ」

「ああ、私ではなく祖父母が住んでいたのです。それで、たまにこの因幡町に遊びにきていたらしいのですが……正直、まったく覚えていません。ただ幸ちゃんって名前だけは、ちょっとした事情で引っかかりがあるというか……」

「祖父母が住んでいた……あっ、もしかしたら……いや、やめよう。もし合っていたら悪口になってしまう」

「ほう、『間違っていたら』ではなく『合っていたら』悪口になるのか。それはもう円九郎で間違いない気がするな」

横からまた巳之助が口を挟んだ。

「なあ政八さん、気にせずに言っちまっていいぞ。心配いらない。こいつは悪口を言われるのに慣れているんだ」

「はあ、それなら。名前は覚えていませんが、同じ長屋の表店にいたご老人の許に、たまにお孫さんが遊びに来ていました。長屋の子供たちと遊べって言われるらしくて、仲間に入ってくることがあったんですよ。だけど、その……いいとこのお坊ちゃんってこともあるんだろうけど、いけ好かない野郎でして。そのせいで誰からも相手にされなくなってしまったんですよ」

「ああ、それは円九郎だな」

「うん、間違いなく円九郎さんだ」

巳之助と峰吉が立て続けに言った。

「ちょっと待ってください。きっと違う人ですよ。本人である私がまったく覚えていないのだから」

「覚えていなくても円九郎だよ。政八さん、それでどうなったんだい」

「私の祖父母とそのご老人が仲良かったので、遊ぶように言われましてね。それでまあ仕方なく、その子が因幡町に来た時は遊びましたよ。その際に何度か幸ちゃん……幸助《こうすけ》という名前なのですが、幸ちゃんのところへ連れていった覚えがあります」

円九郎は首を捻った。そんなことが……いや、駄目だ。思い出せない。

「なるほど、おいら分かったよ」

峰吉が明るい口調で言い、ぱん、と大きく手を叩いた。

「政八さん、蕎麦屋をやめちゃ駄目だ。幸ちゃんって子は政八さんが思いを引き継いでくれたことを喜んでいると思うよ。ちゃんと政八さんのことを見守っている。だからこうして、政八さんを助けようと出てきたんだ」

「こうして……というのは？」

「ああ、ごめん。ちゃんと説明しなくちゃ分からないか。信じられないかもしれないけど、少し前から幸ちゃんっていう子は、円九郎さんの夢に出てきていたんだよ。政八さんが窮地に陥《おちい》っていること知らせようとしたんだと思う。体が弱いせいで友達ができず、円九郎さんくらいしか助けを求められる人がいなかったってのが不憫《ふびん》だけどさ。案の定、薄情者の円九郎さんはまったく覚えていなかったし……」

いちいち悪口を挟むのはやめてほしいものだ。

「……今朝、円九郎さんが起きたら、枕元に金魚玉が転がっていたんだって。それで円九郎さんは、これは面白そう、いや怖そうだと感じて、おいらとか他の人たちに夢の話をしたんだよ。幸ちゃんのことを思い出したわけじゃないあたりが本当に碌でもないけど……でもそのお蔭《かげ》で、危ないところだったけど政八さんを助けられたんだ。ところで円九郎さん、あの金魚玉はどうしたの？」

「え……ええと、皆塵堂に忘れてきた」

「政八さんに見せたかったのに。本当に役立たずだな」

「峰吉、お前……」

むしろあれは忘れてよかったのだ。持ってきていたら、巳之助に突き飛ばされた際に放り出してしまい、割れていたはずである。

「……とにかく私が見た夢のお蔭で政八さんは助かったんだ。少しは褒《ほ》めたたえたらどうなんだ。それから政八さん、悔しいけどこの小僧の言う通りだと思います。ですから、蕎麦屋は続けましょうよ。私は勘当されている身で金こそありませんが、その他にできることがあったら力になりますから」

「ううむ、幸ちゃんが私を助けてくれたってのが本当なら、その思いを無下にはできないな。でも……」

政八は悩んでいる。やはり借金が気になるのだろう。

その時、突然ドンッという大きな音が部屋の中に響き渡った。巳之助が片膝《かたひざ》を立て、力強くその足を踏み鳴らしたのだ。

「なにぐだぐだ言っているんだ。いいかい、政八さん。あんたはもう、蕎麦屋を続けることに決まっているんだよ。今はただ前に向かって突き進むだけだぜ、弱気だけが唯一の敵だ。なに、心配いらねえよ。この世に起こる出来事の大半は、気合いでどうにかなっちまうんだから」

「そりゃ巳之助さんはそうかもしれないけど……」

「円九郎、お前は今、できることがあったら力になる、と言ったな。それなら今日からここへ住み込め。鳴海屋のご隠居には俺から伝えておくから。政八さんと二人でこの店を立て直すんだ」

「な、なにを言い出すんですかい。私は安積屋の跡取り息子……」

「だったのに勘当された馬鹿息子だろう。だからこそ住み込みで働ける。よかったな」

「い、いや、しかし……」

太一郎がひらひらと手を振ったのが目に入った。そちらを見ると、太一郎は円九郎に向かって何やら目配せをしながら頷いていた。

鈍い円九郎でも、太一郎が言いたいことは何となく分かった。政八は首を吊ろうとしたばかりである。きっともう心配ないと思うが、念のためここに住み込んで見張れ、ということだろう。

そんな重い役目は御免蒙《ごめんこうむ》りたい。

「……わ、私はほら、蕎麦なんて打てないし」

「お前なんかに打たせるわけないだろうが。他にも仕事はたくさんある。お前がやるのは掃除とか洗い物、それから出前持ちだな。蕎麦を打つのは政八さんと……この俺だ」

巳之助はそう言うと、自分の胸をドンと叩いた。

「言っておくが今の俺は、幽霊仕込みの蕎麦打ち名人だからな。多分、いや間違いなく政八さんより上だ。爺さんの幽霊に厳しく教えられた蕎麦打ちの技を、明日からお前さんに教えてやるよ。昼までは棒手振《ぼてふ》りの仕事をしているが、その後に来る。毎日顔を出す。猫と会えなくなるのが残念だが、政八さんの腕が上がるまでの我慢と思えば、教え方にも気合いが入るってものだ。よし、円九郎を残して他の者は帰るぞ。こいつが米屋で使っている布団などを持ってこないといけないからな」

巳之助は梯子段の方へ向かうと、すごい勢いで下りていった。

太一郎と峰吉がその後に続いた。なんのことか円九郎には分からなかったが、梯子段を下りながら峰吉が「今度は助けられてよかったね」と太一郎に言っているのが聞こえた。

そして二階の部屋には円九郎と政八だけが残された。

「ええと……」

さすがに政八は戸惑っている。しかし円九郎は違った。もう落ち着いている。いや、諦めている。巳之助には逆らうだけ無駄だ。それに清左衛門だって、円九郎がここに住み込むことに諸手を挙げて賛成すると分かっている。

「政八さん……今日から住み込みで働かせていただく円九郎でございます。どうぞよろしくお願いします」

よくない気が集まる吹き溜まりのような場所らしいが、皆塵堂よりはましだろう。円九郎はそう考え、気持ちを入れ替えた。

四

参太は皆塵堂の座敷にいる。その正面には清左衛門が座っていた。

「……油屋の手伝いをしている最中に呼び出してしまって悪かったね」

「い、いいえ。平気です」

いったい何を話されるのだろうと参太は体を硬くしながら答えた。

峰吉は珍しく今日はいない。古道具の買い付けで外を歩いているそうだ。そして伊平次は、こちらはいつも通り釣りに行ってしまって留守だった。だから皆塵堂にいるのは、参太と清左衛門の二人だけである。もう一匹、座敷の床の間で鮪助が寝てはいるが、さすがにこれは数に入れられない。

「参太は、円九郎の話は聞いたね」

「あ、はい。蕎麦屋に住み込んで働いているそうですね」

米俵に押し潰されながら休んでいる姿が見られなくなって寂しい……などということはまったくなかった。円九郎がいなくなっても特に変わらない日々が続いている。だから気にはならないが、あえていうなら蕎麦屋の方がちょっと心配である。元から流行っていない店だと聞いたが、円九郎が働くことでもっと悪くなってしまうのではないだろうか。だとしたら気の毒だ。

「その……どんな様子でございますか。円九郎さんは」

清左衛門は勘当された円九郎の後見人だから、当然知っているだろう。

「昼過ぎになると巳之助のやつが現れることもあって、かなり懸命にやっているようだよ。それにね、あいつは元々、客あしらいは得意なんだよ。だから蕎麦は巳之助と、ええと、政八さんか。その二人が打ち、客の相手は円九郎がする。それでうまく回っているようだ」

「へえ……」

少し意外だったが、考えてみると調子のいいところがある男だから、客の相手もうまくやりそうだ。

「それにね、どうやら本当に巳之助は蕎麦打ちの名人になっているみたいでね。その教えを懸命に受けて、政八さんの腕も上がっているという。お客の数も少しずつ増えているらしい。そのうち江戸の名店と呼ばれるようになるかもしれないよ」

「それはようございました」

「まあ、政八さんが一人でもやっていけるようになったら、巳之助は退くだろうけどね。棒手振りの仕事をしながらのことだし、それにあいつは猫に会うことの方が大事なやつだから」

そうだろうな、と参太も思った。本当に忙しい人だ。

「円九郎さんはどうなるのでしょうか」

「あの男はしばらくそこで働いていればいいんじゃないかな。蕎麦屋の借金が減って、他の人を雇える余裕が出てくるようになったら、その時に考えるよ。安積屋さんのこともあるし、ずっとそのままってわけにはいかないからね」

どうやら清左衛門は、円九郎の勘当を解く気がまったくない、というわけではなさそうだ。円九郎の怠け癖が治り、もっと落ち着いた人間になることができたら、きっと安積屋に戻れる日が来るに違いない。それがいつになるかは知らないが。

「さて、参太。お前に来てもらったのは、例の『峰吉に幽霊を見せて震え上がらせてやる』という件について話そうと思ってのことなんだ」

「はい」

参太は念のため周りを見回した。やはりここにいるのは自分と清左衛門だけだ。新たな刺客がどこからか出てくる、という気配はない。

「ええと、もしかして……」

参太の目が正面にいる清左衛門で止まった。

「次は鳴海屋のご隠居様、ということでしょうか」

「違うよ。儂は峰吉と同じように、その手のものに出遭《であ》ったことはないからね。伊平次も同じだな。まあ、見ない人間はとことん見ないのだろう。だからね、正直に言ってしまうと儂は初めから、峰吉に幽霊を見せるなんてことは無理に違いないと思っていたんだよ。あわよくば、という下心はあったにせよ」

「へえ……」

そのわりには随分と乗り気に見えたが……。

「初めに参太が、友達から三つほど話を聞き込んできた。ええと、何かを探しているおばあさんの夢と、他の場所から自分の姿を見ている夢、そして店の行く末を心配している番頭さんの夢……というよりこれはしっかり幽霊だったが。この三つの後はなかなかうまく話が見つからないようだった。だから儂は、そこでもう終わりにして、参太は店の手伝いなどを一生懸命やればいいと思っていたんだ」

「はあ、だけど……」

参太は首を傾げた。清左衛門はその後も自分から巳之助などに声をかけていたではないか。

「うむ。太一郎と巳之助、そして茂蔵。円九郎は……あいつの方から寄ってきたから違うが、とにかくそういう者たちに来てもらったのは、あの連中を参太に会わせておきたいと思ったからなんだよ。もちろん顔くらいは元から知っていただろうが、もっとしっかりとね」

「そ、それは、いったいどうしてでございましょうか」

「前に儂は、参太に向かって『十人十色と言って、人それぞれ、みんな違う』ということを言った。覚えているかね」

「はい」

参太は頷いた。確かに言われた覚えがある。

「その時は、参太自身について言ったんだ。つまり、お前はお前なりの大人になればいいってことだな。世の中には伊平次のような店主もいるのだから、あまり固くならずに楽にやればいい、という話をした。それで儂はね、今度はやってくる客のことを考えたのだよ。参太はこれから油屋でより多くの手伝いをすることになる。そうなると当然、少しずつ客の相手も任されていくことになるだろう。まあ、客商売をやっていけば分かるはずだが、世の中にはね、本当にいろいろな人がいるものなんだよ。たいていは良い人、もしくはごく当たり前の人なんだが、たまには変わった客や腹が立つような客が来る。もちろん商売だからそういう人も相手にしなければならない。ぶつかるのではなく、いなす、あるいは、あしらう、というやり方をしていく必要が出てくる。そういうのをうまくやるのには……まあ、慣れるのが一番なんだよ」

「ははあ」

清左衛門がどうして巳之助たちに自分を会わせようとしたのか分かった気がする。

「あの連中は悪い人間ではないが、まあ、何と言うか……癖があるだろう。太一郎のやつも含めて、本当にここには変わった連中が集まると思うよ。伊平次もあんなだし……だから初めの一歩として、参太に『世の中にはこんな人間がいますよ』というのを見せておいたんだ、と考えてくれ」

「はあ、ありがとうございます」

自分のためにいろいろと考えてくれたらしい。参太は清左衛門に頭を下げた。

「うむ。儂からの話はこれで終わりだ。あと、峰吉に幽霊を見せるってやつもだな。これでいったん終わる。面白かったから、そのうちまたやるかもしれないけれどね。それでは参太、お前は油屋の手伝いに戻って……」

清左衛門が言葉を止め、参太の背後に目を向けた。店土間の方だ。

「あっ、参ちゃん、来てたんだ。いらっしゃい」

振り返ると、背負い籠《かご》にたくさんの古道具を入れた峰吉が店に入ってくるところだった。

「参ちゃん、悪いけど運ぶのを手伝ってよ。重いんだ」

「……峰吉のやつ、参太が手習から戻る少し前に出ていったばかりなのに、もうあんなに買い付けてきたのか。世の中にはいろいろな人間がいるが、あいつが一番よく分からないよ。何なんだろうね、峰吉のあの才覚は」

まったくだ、と思いながら参太は立ち上がった。そして考え込んでいる清左衛門を残して、峰吉を手伝うために店土間へと向かった。

主な参考文献

『金魚と日本人』鈴木克美著／講談社学術文庫
『嘉永・慶応　江戸切絵図』人文社

あとがき

深川《ふかがわ》は亀久橋《かめひさばし》の近くにひっそりと佇《たたず》む皆塵堂《かいじんどう》という古道具屋を舞台に、曰《いわ》くのある品物を巡って騒動が巻き起こる「古道具屋皆塵堂」シリーズの第十四作であります。幽霊が出てくる話でございますので、その手のものが苦手だという方は念のためご注意くださいますようお願いいたします。

ということで、読者の皆様こんにちは。わずか七、八十メートルほどしか離れていない集積場までゴミを持っていくだけでゼエゼエと息を切らす、運動不足の輪渡颯介《わたりそうすけ》です。

さて、本書『夢の痕《あと》』ですが、この皆塵堂シリーズを続けて読んでくださっている常連の読者様は「おや、今回はいつもと少し形が違うぞ」と思われたかもしれません。これまでの十三作はすべて五つの話で構成されていましたが、今回は四つで、しかも最初の「夢の、そのあと」という話が三つの章に分かれていますので。

それはなぜかと申しますと、「夢の、そのあと」が静岡新聞「週刊ＹＯＭＯ《よ》ＭＯ《も》っと静岡」をはじめとする各紙に連載されたものだからです。

関係者の皆様、その節は本当にお世話になりました。心より感謝いたします。そして、ありがとうございました。貴重な機会を与えてくださったこと、この手の仕事が初めてだったから、というだけでなく、そもそも輪渡はあまり要領がよくない人間でございますので、もしかしたらご迷惑をおかけした点もあったかもしれません。その部分だけ都合よく記憶を失っていただけたら幸いです。

ところでこの「週刊YOMOっと静岡」というのは、週に一回、新聞本紙に挟んで届けられるもので、どうやら若い世代とその親世代向けの内容らしいです。「えっ、そんなのに輪渡の小説を載せる気なの？」と仕事の依頼が来た時にはうろたえました。しかもですよ。そうなると「あの時の話かあ」と本書『夢の痕』を手に取っている若者がいる可能性もあるわけで、輪渡は今、再びうろたえております。

ですがまあ、せっかくですので今回のあとがきは、そんな若者たちに向けた、輪渡からのメッセージ的なものを書きたいと思います。

この前、輪渡は他の用事のついでにふらっとドラッグストアに寄ったんですけどね。そこは敷地が少し高くなっている店でございました。正面のやや広い道路側にスロープがあって、上がると駐車場、その向こうに店の建物、という造りです。

そのスロープ側から輪渡は入ったのですが、別の場所に車を停《と》めていたので、買い物を終えて出たら店の横の方へ向かったんです。

ところがです。なんとスロープがあるのは正面側だけで、そちらはただの段差になっているではありませんか。

まあ大した高さではないんですけどね。横の狭い道に沿ってブロック塀《べい》がありましたけど、積まれているのは三段だけで、しかもそのうちの一段分は段差の上に出ていましたから。つまり駐車場側から見ると一段分だけブロックがあり、それを越えるとブロック二段分ほど下に道がある、という感じです。

ですから、輪渡は軽やかに右足を持ち上げ、ドンッ、と段差を下りました。が、そこで想定外の出来事が。自分が思っている以上に輪渡の肉体は衰えていたのです。

右足を下ろしたら、そのままの勢いで膝《ひざ》をゴンッ、と地面に打ち付けてしまったのですよ。びっくりしました。足の踏ん張りが利かなくなっているんです。で、さらにそのまま尻をペタンと地面についてしまった。割座《わりざ》とか亀居《かめい》という呼び方もあるようですが、俗に言う「女の子座り」の形になったわけです。

しかしそれは右足だけのこと。左足はまだ段差の上にあります。そうなると必然的に体が仰向けに倒れていく。「あららら～」と思いながら輪渡はゴローンと地面に転がってしまいました。

いやあ、狭い道で車通りがなかったから助かりました。それに幸いなことに頭も打たなかった。どうやら輪渡は、自分の主観よりもゆっくりと転んだみたいです。

正直、当事者ではなく第三者の目でその様子を駐車場側から眺めたかったですよ。おっさんが段差を越えて道に下りたなあと思ったら、体がゆっくりと向こう側に沈んでいき、後には天空を指した左足だけが残されるという、思わず「シンクロナイズドスイミングかっ」と叫びたくなるような光景が見られたわけですから。

あっ、ちなみに今はシンクロナイズドスイミングではなく、アーティスティックスイミングと言うみたいですね。

まあそれはともかく、そんな感じで輪渡は仰向けに倒れたのですが、そこから起き上がる時も大変でした。女の子座り状態になっているせいで右側に転がると膝が痛い。左側はすぐに塀なのでやはり無理。さあどうしましょう、としばらくその場でジタバタとしてしまいました。

話は以上です。この出来事から輪渡が若者たちに言いたいこと。それは「運動しないと体はあっという間に鈍るよ」ということです。

「自分は運動部だから平気、平気」と思っているそこのあなた。その考えは甘い。輪渡だって中学時代は運動部でしたし、高校では文化部でしたが毎日片道四十分くらいかけて自転車通学をしていましたから。足腰には自信があったんです。

それが今やこの体たらくですよ。筋肉は簡単に落ちてしまうのです。だから大人になっても、軽いウォーキング程度でいいですから継続して運動は続けてください。さもないと将来、輪渡みたいになりますよ。

ああ、ついでに言っておきますが、目と歯も大切に。この辺りも年を取ってから「ああ、若い頃からもっと気を付けておけばよかった」と思う部分ですから。

はい。ということで輪渡から若者たちに向けた文章は終わりです。ここからはシリーズの常連の読者様に向けたあとがきになります。多分、輪渡と同世代の方々が多いんだろうなあ……。足腰、弱ってますか？

さて、前述のようにこの『夢の痕』の最初の話である「夢の、そのあと」は静岡新聞「週刊YOMOっと静岡」に掲載されました。若い世代に向けたもの、ということでしたので、「峰吉《みねきち》回」になったわけです。

前作のあとがきでも次作はそうなると触れましたが、きっと常連の読者様は思ったことでしょう。「峰吉を中心にして、はたして話が怖くなるのか？」と。

結論から言うと、それは無理、でございます。そもそも峰吉は幽霊が見えないキャラクターですし、仮に見えたとしても「だから何？」という反応をする小僧だからです。しかし、そこは何とかしなければならない。考えた末に輪渡が出した方法は「話の中心は峰吉だが、第三者の目を通して描く」でした。で、向かいの店の水撒《ま》き小僧である参太《さんた》の登場になったという次第でございます。「幽霊を見せて峰吉を怖がらせたい」という役割ですね。それもまあ、無理な話なんですけど。

二つ目の話以降は書下ろしで、参太の役割を巳之助《みのすけ》、茂蔵《しげぞう》、円九郎《えんくろう》に引き継いでもらいました。

いかがだったでしょうか。感想は人それぞれでしょうが、輪渡としては得るところがございました。「この第三者の目を通して描くというやり方なら、あこがれの鮪助《しびすけ》回も可能なのでは」という収穫が。うん、書けそうだ。

まあ先のことは分かりません。読者の皆様、どうぞ足腰を鍛えつつ次作をお待ちください。

今回はいつもより少しあとがきが長くなってしまいました。この手の文章ならさほど苦もなく書けるので、別に輪渡は平気なんですけどね。なんなら本編より長く書きたいくらいなのですが、さすがにそれもどうかと思うので、このあたりで終わりにさせていただきます。ありがとうございました。

本書は新聞連載作品に書下ろし作品を加えた文庫オリジナル作品です。

「夢の、そのあと」
掲載紙／静岡新聞「週刊ＹＯＭＯっと静岡」、紀南新聞、神静民報、いわき民報
掲載期間／２０２３年４月～10月に順次掲載（学芸通信社配信）
「そういう所」書下ろし
「逃げ道」書下ろし
「夢で見た町」書下ろし

|著者| 輪渡颯介　1972年、東京都生まれ。明治大学卒業。2008年に『掘割で笑う女 浪人左門あやかし指南』で第38回メフィスト賞を受賞し、デビュー。怪談と絡めた時代ミステリーを独特のユーモアを交えて描く。憑《つ》きものばかり集まる深川の古道具屋を舞台にした「古道具屋 皆塵堂」シリーズが人気に。「溝猫長屋 祠之怪」シリーズ、「怪談飯屋古狸」シリーズのほか、『ばけたま長屋』『悪霊じいちゃん風雲録』などがある。

夢《ゆめ》の痕《あと》　古道具屋《ふるどうぐや》 皆塵堂《かいじんどう》

輪渡颯介《わたりそうすけ》

講談社文庫

定価はカバーに
表示してあります

2025年4月15日第1刷発行

KODANSHA

発行者――篠木和久
発行所――株式会社　講談社
東京都文京区音羽2-12-21　〒112-8001
電話　出版　(03)　5395-3510
　　　販売　(03)　5395-5817
　　　業務　(03)　5395-3615

Printed in Japan

デザイン―菊地信義
本文データ制作―講談社デジタル製作
印刷―――株式会社KPSプロダクツ
製本―――株式会社国宝社

落丁本・乱丁本は購入書店名を明記のうえ、小社業務あてにお送りください。送料は小社負担にてお取替えします。なお、この本の内容についてのお問い合わせは講談社文庫あてにお願いいたします。

ISBN978-4-06-539162-4

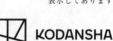

講談社文庫刊行の辞

二十一世紀の到来を目睫に望みながら、われわれはいま、人類史上かつて例を見ない巨大な転換期をむかえようとしている。

世界も、日本も、激動の予兆に対する期待とおののきを内に蔵して、未知の時代に歩み入ろうとしている。このときにあたり、創業の人野間清治の「ナショナル・エデュケイター」への志を現代に甦らせようと意図して、われわれはここに古今の文芸作品はいうまでもなく、ひろく人文・社会・自然の諸科学から東西の名著を網羅する、新しい綜合文庫の発刊を決意した。

激動の転換期はまた断絶の時代である。われわれは戦後二十五年間の出版文化のありかたへの深い反省をこめて、この断絶の時代にあえて人間的な持続を求めようとする。いたずらに浮薄な商業主義のあだ花を追い求めることなく、長期にわたって良書に生命をあたえようとつとめるところにしか、今後の出版文化の真の繁栄はあり得ないと信じるからである。

同時にわれわれはこの綜合文庫の刊行を通じて、人文・社会・自然の諸科学が、結局人間の学にほかならないことを立証しようと願っている。かつて知識とは、「汝自身を知る」ことにつきていた。現代社会の瑣末な情報の氾濫のなかから、力強い知識の源泉を掘り起し、技術文明のただなかに、生きた人間の姿を復活させること。それこそわれわれの切なる希求である。

われわれは権威に盲従せず、俗流に媚びることなく、渾然一体となって日本の「草の根」をかたちづくる若く新しい世代の人々に、心をこめてこの新しい綜合文庫をおくり届けたい。それは知識の泉であるとともに感受性のふるさとであり、もっとも有機的に組織され、社会に開かれた万人のための大学をめざしている。大方の支援と協力を衷心より切望してやまない。

一九七一年七月

野間省一